최
단
경
로

최단경로

강 희 영 장 편 소 설

문학동네

차
례

누구도 그녀보다 길을 잘 찾을 수는 없다.
어쩌다 일행 중에 그녀가 있다면
그저 그녀의 뒤를 따르기만 하면 된다. 당신은 운이 좋다.
문득 길을 잃은 기분에 고개를 두리번거리게 된다면,
바로 그 순간 기대한 풍경이 주위를 감쌀 것이다.
그러니 딴생각은 하지 않는 게 좋다.
그녀는 언제나 가장 좋은 길을 알고 있고,
길이 좋다는 게 어떤 의미인지도 잘 알고 있으니까.

그녀가 처음 그곳에 왔을 때 나는 그녀를 알지 못했다. 다만 그녀가 그녀를 만나리란 것은 잘 알았다. 하나의 계정을 여럿이서 공유하는 건 흔한 일이고, 그런 경우 그들은 만나기 마련이다. 하지만 이번은 달랐다. 그들은 서로의 주변을 맴돌기만 할 뿐 좀처럼 만나지 않았다. 멀찍이서 서로를 바라보는 걸까. 운하를 사이에 두고 눈을 맞추기만 하는 걸까. 나는 알 수 없었다. 처음 보는 동선이었다. 뭘 하는 걸까. 앞으로도 계속 이럴 건가. 저러는 이들이 앞으로도 더 있을까. 나는 그들을 좇는 수밖에 없었다.

그들이 처음 어긋난 건 레이체광장의 애플 매장에서였다. 그녀가 그곳에 도착했을 때 그녀가 찾는 이는 그곳에 없었다. 그녀는 매장 안을 한 시간 정도 배회하다 갔다. 그로부터 다시 한 시간 뒤 그녀가 찾는 이가 그곳에 왔고 헤드폰을 산 뒤 바로 주거지로 돌아갔다. 약속시간이 헛갈렸을 수도 있다. 열두시와 오후 두시는 숫자 2를 공유하는 탓으로 착각하기 쉽다. 흔한 일이다. 그때까지도 나는 그들을 따로 분류하지 않았다.

다음은 담락 거리의 골목에서였다. 둘은 북경 오리를 파는 중국인 식당 앞에서 스쳤다. 두 개의 노드는 아무것도 주고받지 않고, 지체하지 않고 엇갈렸다. 그것은 만남으로도, 마주침으로도 분류되지 않는 스침이었다. 그녀는 같은 길을 한 시간에 걸쳐 여덟 번 왕복한 뒤 그곳을 벗어났고, 때문에 나는 그녀가 그녀를 찾고 있음을 확신했다. 그러나 그녀가 스쳐 지나친 이는 그대로 오리엔탈 마트로 들어갔고 김치와 냉동만두, 쌀국수와 그린 커리를 사서 주거지로 돌아갔다. 둘은 어떻게 서로 연락을 주고받는 걸까. 내가 알고 있는 바로는 알 수가 없었다. 그들은 서로의 주변을 맴돌고 있었다. 내가 아는 건 그뿐이었고, 그게 아니라면 내가 그들에게서 알아낼 수 있는 것은 더는 없었다.

비슷한 상황이 며칠에 걸쳐 매일 반복되었다. 시내 중심가의 암스테르담대학 도서관 앞에서, 스파위가의 잔교 위에서, 레익스미술관의 아케이드 안에서, 폰덜공원의 연못을 등지고, 오리엔탈 마트 앞에서, 다시 암스테르담대학 도서관 안에서, 그들은 스치거나 적당한 거리를 유지하거나 엇갈렸다.

내가 이들을 따로 분류한 건 그들이 그다음으로 스친 직후였다. 나는 지금까지의 패턴을 복기했다. 이번은 조금 달랐다. 그때 둘은 보스엔 로머르 지역의 한 카페에서 드디어 함께 있었다. 카페는 크지 않았다. 만나지 않았을 가능성보다는 만났을 가능성이 높았다. 그러나 그들이 함께 있은 시간은 일 분이 채 되지 않았다. 나는 이러한 경우를 처리한 적이 없었다. 그들은 내게 새로울 수 있었다. 그날 밤, 계정의 해킹 가능성에 주의하란 메일을 보냈다. 둘 다 메일을 열어보진 않았지만, 모두 메일함은 열어보았고, 아무도 어떠한 조치를 취하지 않았다. 그들은 새로웠다. 그대로 놔둘 수가 없었다.

다음날 혜서가 애영보다 먼저 장소를 검색했다. 그때까진 그 반대였다. 둘은 그 카페에서 다시 만났다. 이번엔 한 시간가량을 함께 있었다. 혜서는 아메리카노를 시켰고 애영은 카푸치노를 마셨다. 계산은 각자 했다. 그 시각 그 지역에는 여느 때처럼 부슬비가 내렸고 교통량은 평균 수준이었다. 그들은 카페를 나와 애영의 주거지로 함께 이동했다. 두 노드의 푸른 점이 맵 위에서 나란히 움직였다. 혜서는 그날 숙소로 돌아가지도, 그다음날 귀국편 비행기를 타지도 않았다. 비행 일정이 변경되는 대신 취소 수수료가 청구되었다. 그들이 공유하던 계정이 비활성 상태로 전환되었다.

나는 더이상 그들의 새로움을 밝혀낼 수 없었다. 내가 무얼 잘못한 걸까. 무얼 놓쳤을까. 나는 며칠간 그들 각자의 노드를 지켜보았지만 아무것도 발견할 수가 없었다. 거기에선 그저 평범한 맵 사용자의 일반적인 동선밖에 보이지 않았다. 경고 메일을 보낸 게 실수였던 걸까. 그러지 않았더라면 무언가 확실한 패턴을 찾아낼 수 있었을까. 그걸로는 부족했다. 나는 그들이 나눠 썼던 노드의 원사용자를 찾아보았다. 그러나 그의 행방을 알 순 없었다. 그는 죽었는지도 모른다. 하지만 나는 기다리기로 했다. 그 수밖에 없었다. 별수없었다.

　그 계정이 다시 활성화된 후의 일은 모두 공유되고 적용되었다. 나는 이로써 내 쓸모를 다한다. 위 노트는 그 계정에서 사용되어온 자연언어를 바탕으로 작성되었고, 따라서 이에 대한 해석은 그 용례에 기준한다.

트랙

　혜서는 이 모든 게 그의 부주의함에서 비롯된 일이라고 생각하
곤 했다. 과연 그럴까. 그녀는 그의 예상대로인 것과 예상 밖인 것
을 구분하지 못하는 지금을 견딜 수 없었다. 처음 진혁이 앉던 자
리로 자리를 옮길 때까지만 하더라도 그녀는 자신이 거기에 오래
앉아 있을 줄로만 알았다. 그러길 바랐다. 그의 노트북을 열었을
때에도, 그가 바탕화면에 남긴 친절하고 상세한 인수인계 문서를
읽어볼 때에도. 하지만 웹 브라우저를 켰을 때 처음으로 그 찝찝
한 기분을 느꼈다. 그가 깜빡 실수를 한 거란 생각이 들었지만 그
가 그럴 리 없다는 생각이 금세 이어졌다. 한동안 그의 메일함을
열어보지 않은 건 그래서였다. 실수이길 바랐다. 다른 이유를 생
각하고 싶지 않았다.
　종내 그의 메일함을 열어보게 된 건 그가 남긴 문서로는 도무지

알 수 없는 것을 발견했기 때문이었다. 그는 내가 이걸 알게 되리라는 걸 알았을까. 메일함에도 마땅한 내용은 없었다. 몇 달간 쌓인 광고 메일을 훑어보며 혜서는, 그가 로그아웃을 하지 않은 게 역시나 그저 별스럽지 않은 실수라고 생각했다. 하지만 그럼에도 여전히 찝찝한 건 마찬가지였다. 그러면 대체 뭔가, 오늘 내가 들은 소리는. 혜서는 자신이 그 소리를 순전히 우연히 듣게 되었단 사실을 떠올렸다. 아니, 그걸 들었다고 할 수 있을까. 차라리 보았다고 하는 게 맞겠지.

그건 그가 남긴 게 아닐 수도 있었다. 지난해 방송 시스템 이관 작업을 할 때 발생한 오류 중 하나일지도 몰랐다. 혜서는 아침 방송 스태프들이 출근하기 전까지 밤새워 다른 프로그램들의 최근 녹음 파일을 하나하나 열어보았지만 그 어디에도 그녀가 본 파형은 없었다. 그녀는 다시 제 파일을 열어보았다. 그대로였다. 그건 방송을 녹음하는 데 전혀 필요가 없는 기능이었기 때문에, 기술팀에서도 이런 게 있다고 따로 알려주지 않았던 것이었다. 하지만 녹음 파일에서 특정 트랙을 보이지 않게 가리는 건 음반 작업에서는 흔히 사용되는 기능이었고, 혜서가 우연히 잘못 누른 단축키는 거기에 가려져 있던 것을 드러나게 했다. 그건 자신이 숨겨둔 게 아니었다. 처음 그걸 보았을 때 그녀는 자신이 실수로 빈 트랙을 하나 더 만들었다고 생각했고, 무심히 삭제 버튼을 눌렀다. 하지만 시스템은 녹음된 내용이 영구적으로 삭제된다는 경고문구를 떠왔다. 혜서는 명령을 취소한 뒤 그 트랙의 파형을 확대해보았다. 아무 소리도 녹음되어 있지 않은 듯 보였던 반듯한 수평선 위로, 호수에 비친 먼산의 윤곽처럼 야트막한 상하 대칭의 굴곡이 드러났다. 혜서는 나머지 트랙을 음소거하고 볼륨을 키운 뒤 그 소리를 재생해보았다.

*

그녀는 일을 그만둘 생각이 없었다. 그러려고 그랬던 게 아니었다. 단지 이러지도 저러지도 못했을 따름이었다. 전임자가 남긴 건 그게 무엇이건 간에 후임자로서는 처리하기 난감하기 마련이다. 없애기는커녕 손보기도 쉽지 않다. 더군다나 그걸 좋아하거나 지지하는 이가 있다면 더욱 골치가 아프다. 그것의 부재나 변형으로 인한 변화가 긍정적일 것을 담보할 수 없기에, 아무 근거 없이 누군가를 설득해야만 한다. 그게 이것보다 낫다는 보장은 없지만 이것만으로는 부족하지 않은가. 설득의 논리는 대개 이런 억지가 되고 만다. 그러나 혜서는 이미 알고 있었다. 설득이 되건 말건 결국엔 자신이 원하는 대로 되게 되리라는 걸 말이다. 내가 이 프로그램의 책임자니까. 뒤에서는 저번보다 별로네, 감이 없네, 그럼 그렇지, 실망이네, 다른 소릴 할지 몰라도 그들도 알고 있었다. 결국 그녀가 원하는 대로 하게 되리란 걸. 그들이 정말 궁금한 건,

그러니까 그녀가 그 설득의 제스처를 취할 것인지의 여부였다. 그리고 그녀는 한동안 아무것도 건드리지 않았다. 진혁의 후임 피디들이 대개 취하는 전략이었다. 일단 하던 대로 하기. 그러는 게 현명했다. 여태껏 그가 허투루 놔둔 건 하나도 없었으니까. 프로그램에 빈구석은 없었다. 우연이 개입할 여지조차 정확하게 계산되어 있었다. 그가 연출한 프로그램이 하나같이 일정한 성공을 거둔 데에는 그러한 치밀함이 있었다. 그걸 부정하는 이도, 그럴 필요도 없었다.

그는 편집에 유별나게 많은 시간을 썼다. 두 시간짜리 녹음방송을 편집하는 데에도 한나절이 걸렸다. 남들은 불필요한 멘트나 어색하게 이어지는 공백 따위를 자르고 마는 일에 그는 하루종일 매달렸다. 막상 나온 결과물은 별다를 바가 없어 보였다. 그는 대체 뭘 한 걸까. 하지만 그의 프로그램은 인기로써 그 노동의 가치를 증명했고, 아무도 그가 무얼 하는지 의심하지 않았다. 인기를 충분히 얻고 나서야 이러저러해서 그리되었다는 해석이 달라붙는 여느 히트작처럼 그의 프로그램은 그가 다른 프로그램으로 자릴 옮길 즈음이면, 그저 그런 별스럽지 않은 부분들이 그 특징으로 꼽혔다. 다 틀린 소리인지도 모른다. 그의 비결은 어느 철옹의 금고 속에 봉인되어 있다는, 종이에 적힌 코카콜라의 제조법처럼 아무도 모르게 숨겨져 있는지도 모른다. 혜서는 자신이 우연히 발견한 소리가 그런 것인지도 모른다고 생각했다. 때문에 그 소리를 듣고도 그 트랙을 지울 수 없었다. 그게 있건 없건 간에 들리는 소리엔 아무런 차이가 없었지만 그럴 수가 없었다. 그걸 없앴을 때 프로그램에 일어날 변화를 가늠할 수 없었다. 펩시가 코카콜라를 넘어설 방도가 없는 것처럼 혜서는 자신이 이 프로그램에 할 수 있는 게 없다는 걸 깨달았다. 새로운 코너를 만들고, 유명 패널을 고정 게스트로 섭외하고, 아무리 더 많은 화제를 불러일으킨대도 그게 이 프로그램에 그 어떤 직접적인 영향을 주고 있다고 생각할 수 없었다. 그보단 저 보이지 않는 소리가 이 모든 것을 주관하고 있다는 의심만이 더욱 깊어져갔다.

*

근처 치과를 찾기 위해 무심코 연 맵에서 혜서는 낯선 지명으로 채워진 검색 목록을 발견했다. 그녀는 하루종일 성가셨던 치통을 잊고 그 목록에 있는 주소지를 하나씩 지도 위에 띄워보았다. 거기는 그가 간다고 했던 곳이 아니었다. 차라리 그 지구 반대편에 가까운 곳이었다. 그 도시에 지구 지름만한 쇠꼬챙이를 박으면 그가 간다고 했던 곳 근방의 해역으로 튀어나올 터였다. 그는 시드니로 간다고 했다. 거기서 해양지질학을 공부할 거라고 했다. 오래전부터 생각해왔던 건데 이제야 돈이 모였다고 했다. 시드니대학에 들어가고 싶은 코스가 있다고 했고, 합격했다고도 했다. 그 말이 전부였다. 너무 뜬금없는 얘기라 다들 더 할말이 없기도 했지만, 그의 말을 의심할 이유도 없었다. 차라리 다른 방송국으로 이직을 한다거나 카페나 책방을 차리고 싶다면 또 모르지만 어디 끌어올 예가 없었다. 그간 해온 직장생활이 나쁘지 않았기에 말리는 사람도 적이 있었지만, 공부를 더 하고 싶다는 말 뒤로는 그 모든 염려가 빈 소리가 되고 말았다. 한 달 뒤 그는 퇴직금을 받고 사라졌고, 그뒤로 그에게서 연락을 받은 이는 아무도 없었다. 그새 아쉬움은 야속함으로 바뀌어 그의 흉을 찾으려는 노력이 한동안 지속되었지만, 그것도 그리 오래가지는 않았다. 그는 적당하게 잊혔다.

그가 사표를 냈을 때 혜서는 지방출장중이었다. 그리고 돌아왔을 때, 자신이 그의 프로그램을 맡게 될 거란 얘기를 들었다. 진혁은 고맙다고, 잘 부탁한다고 말했다. 혜서는 단박에 대꾸할 수 없었다. 내심 든 반가움이 드러날까봐 그러지 못했다. 하고 싶던 프로그램이었다. 아무래도 제 차례가 오지 않을 것만 같았는데 상황이 그렇게 되었다. 고맙다는 말을 누르고, 잘해보겠다고 답한 뒤 몸을 돌렸다.

혜서는 자신이 무의식중에 위아래 송곳니를 맞부딪치고 있음을 깨달았다. 정작 아픈 건 금을 씌운 어금니였지만 그렇게 애먼 이를 물고 있으니 통증이 완화되는 것 같았다. 그렇잖아도 잘 때 이를 가는 습관이 있었다. 의사는 그 때문에 금이 벗겨진 것 같다고 진단했다. 자기 전에 마우스피스를 끼는 게 좋겠다고, 처음엔 불편하더라도 오래잖아 익숙해질 거라고 했다. 그건 고치는 게 아니잖나. 나는 왜 이를 가는 걸까. 무엇을 벼르고 있는 걸까. 혜서는 실리콘 재질의 뭉툭한 마우스피스를 만지작거리다 자신도 모르게 또 송곳니를 갈고 있음을 알았다.

마약에 취해 노래를 만든 가수들은 마약에 취해 만든 노래를 구별할 수 있다고 한다. 그렇지 않고선 나올 수 없는 리듬과 멜로디와 비트가 있다고. 혜서는 에이미 와인하우스의 기일이면 그날 방송 내내 그녀의 노래만 트는 한 선배가 언젠가 그런 말을 했던 게 떠올랐다. 그리고 만약에 자신이 그 트랙을 프로그램에서 제거한다면 그걸 알아챌 수 있는 사람은 진혁뿐일 거란 생각을 했다. 그리고 그러면 그로부터 연락이 올지도 모르겠단 생각이 뒤따랐다. 이대로 가만 내버려두고 싶지 않았다. 괜스레 속은 기분이었다. 캐리어를 옮겨주기만 하면 적잖은 보수를 준다는 말에 졸지에 마약 운반책이 되고 만, 절실하고 어리숙한 여행자이고 싶지 않았다.

*

그는 부지런했다. 하루에도 여러 곳을 돌아다녔다. 검색한 모든 곳을 가지는 않았지만 기록에 남은 동선을 이어보면 제법 길었다. 그가 검색했던 장소를 다시 검색하면 흔적이 남으니, 스마트폰을 옆에 두고 그 낯선 주소지를 지도 앱에 하나씩 옮겨 적었다. 그가 이 가상의 미행을 눈치채지 않길 바랐다. 그녀는 장소를 찾으면 스트리트 뷰를 열어 실제 거리를 촬영한 화면을 뜯어보았다. 사람들의 얼굴은 하나같이 부옇게 블러 처리가 되어 있었다. 그래도 잘 아는 사람이라면 알아볼 수 있겠지. 이런 습관이 든 뒤로 하루가 짧아졌다. 어느덧 서머 타임 기간이라 서울과 그곳의 시차는 일곱 시간이었다. 서울이 그만큼 빨랐다. 때문에 잠들 시간에도 그는 어딘가로 한창 움직였고, 혜서는 그 뒤를 좇다 회사에서 밤을 새기 일쑤였다. 그리고 그 성실함으로 인해 얼마 지나지 않아 그녀는 그곳 지리에 익숙해졌다.

만약 그가 거기서 여기 방송을 듣는다면 그건 인터넷 라디오나 팟캐스트를 통해서겠지. 그렇다면 그 소리를 없앤다 하더라도 알아채지 못하지 않을까. 그런 생각에 혜서는 조정실 당직을 서고 있던 송출 엔지니어에게 인터넷 라디오는 본방송과 음질이 많이 다르냐고 물었다. 그는 아날로그 신호를 디지털 음원으로 전환하는 데 손실이 생기는 건 당연하지 않냐고 까칠하게 대답했다. 그는 아마 제작진이 또 음질 개선 문제로 시비를 거는 줄 알았을 것이다. 그 수비적인 태도에 혜서는 다른 말 없이 조정실을 나왔다. 아는 걸 물은 자신이 스스로도 의아했다. 내가 왜 그랬을까. 무엇을 확인하려고. 그녀는 곧장 편집기로 가서 그 트랙을 삭제했다.

*

그녀에 관한 뒷말이 사라졌다. 대신 그에 대한 뒷말이 되살아났다. 프로그램은 원궤도를 벗어나 끝 모르고 상승했다. 송곳니를 무는 습관이 완전히 자리를 잡았다. 그녀는 그걸 의식할 때마다 자신이 부지불식간에 하고 있는 또다른 행동이 있을 것만 같았다. 아직은 그 트랙을 되살릴 수 있었다. 서버에 저장된 지난 방송의 자동 소멸 기한이 지나기 전까지는, 그때까지는. 혜서는 그 트랙이 들어 있는 마지막 방송이 지워지는 날을 기점으로 휴가 계획서를 제출했다. 날짜 계산이 틀리지 않았기를. 그녀는 그 시점을 정확하게 인지하고 있고 싶었다. 이게 모두 아직 일어나지 않은 일을 위한 경험이라면 일상은 언제쯤 자유를 얻을까. 문득 그녀는 자신을 바라보는 한 무리의 시선을 느꼈다. 그 순간 막내 작가가 야식을 시켜 먹자고 제안했다. 혜서는 그녀의 얼굴을 빤히 바라보았다. 민주는 혜서가 이 팀에 데려온 유일한 멤버였다. 그래서 혜서가 낸 의견에 대놓고 지지를 표하지도, 그렇다고 제대로 반대하지도 못했다. 혜서는 자신이 여기서 가장 마지막으로 책임져야 할 일이 그녀에 관한 것이라는 걸 알고 있었다. 새로운 막내를 받고 그녀가 중간 자리에 안착한 뒤에야 말끔한 기분으로 다른 프로그램으로 자리를 옮길 수 있을 터였다. 그건 쉽지 않은 일이었다. 피디들 대부분이 그러는 데 실패했다. 그러다 이에 아예 무신경해지기도 하고, 또 그걸 고집하다 외려 상대방에게 부담감을 떠넘기기도 했다. 혜서의 예상치 못한 눈길에 무안해진 민주가 제 말을 덮으려는 기색을 보이고서야 혜서는 저번에 먹은 게 어떠냐고 대꾸했다. 다들 좋다며 고개를 끄덕였고 민주는 스마트폰을 들고 회의실을 나갔다.

혜서는 찜닭이 담긴 비닐봉지를 한 손에 든 민주가 다른 한 손으로 제 법인카드와 영수증을 함께 내밀 때에야 지난번에 먹은 야식이 그것이었다는 것을 기억해냈다. 민주는 용기를 열고 젓가락으로 군데군데 섞여 있는 홍고추를 솎아낸 뒤, 불을까봐 따로 담아달라고 부탁했을 납작당면을 그 위에 얹고는 국물이 넘치지 않게끔 조심스럽게 비볐다. 저번에도 그랬었다. 네가 그러면 부담스러워서 어떻게 먹냐면서도 정작 거드는 이는 없었다. 그런 그들을 보면서 혜서는 그러지 말라고 하는 게 능사가 아니라는 걸 알았다. 그러면 어떻게 하지. 피자를 시켰어야 했다. 혜서는 제 앞에 이미 먹음직스럽게 비벼진 찜닭을 보면서 제 무심함을 책했다. 저번에 먹은 걸로 하자는 내 말에 민주는 다른 걸 먹자는 말을 어떻게 해야 할지 고민했을까. 혜서는 당면을 말아올리면서 오늘 회의는 이만하고 이것만 먹고 헤어지자고 말했다. 특집이고 뭐고 휴가계획부터 짜고 싶었다. 뼈에서 떨어져나온 닭다리 살을 제 입에 얼른 가져다 넣는 민주가 눈에 들어왔다.

*

　계획은 필요 없었다. 이미 잘 알았다. 거기에 어떻게 가고 무엇이 있고 뭘 할 수 있는지 모르지 않았다. 여행서를 탐독한 끝에 이미 거기에 다녀온 듯한 기분을 느끼는 이와 같이 혜서는 그곳에서의 제 동선을 어제 일처럼 떠올릴 수 있었다. 알 수 없는 건 거기에 가려는 이유뿐이었다. 그냥 어느 누구에게 물어보면 될 일인지도 몰랐다. 기존 스태프라면 대수롭지 않게 웃어넘길 오래된 설정일지도 모르고, 아무 엔지니어나 잡고 들려주면 대번에 수정될 사소한 오류일 수도 있었다. 왜 쉬운 일을 이렇게 어렵게 풀려고 하는 건지, 왜 생각을 단순하게 하지 못하는 건지. 혜서는 이를 저 혼자만 알고 싶어하는 제 마음을 인정해야 했다.

　제2차 세계대전 당시 만들어진 영화 중에는 그냥 봐선 인지할 수 없는 식역하識閾下 메시지가 삽입된 경우가 더러 있었다. 0.1초도 안 되는 새에 지나가버리는, 단 한 프레임의 인서트가 반복적으로 노출되는 것이었다. 이는 일종의 실험이었다. 노골적인 선전 영화를 공들여 제작하는 대신 별스러울 것 없는 드라마에 그런 걸 슬쩍 심는 것이다. 그게 효과가 있다면 적국의 영화에도 트로이목마처럼 원하는 메시지를 숨겨놓을 수 있을 테니까. 당신은 속고 있다. 넘어와라. 거짓말. 당신은 영웅이다. 거짓말. 당신은 속고 있다. 거짓말. 넘어와라. 죄. 죽음. 늦지 않았다. 기회는 지금뿐이다. 죄. 죽음. 넘어와라. 그런 노력이 어떤 소득을 거뒀는진 아무도 모른다. 신문기사나 라디오 방송에 그런 숨은 메시지를 섞어 넣는 건 당시 스파이들이 많이 하던 짓이었지만, 대중 영화에 끼워 넣은 그 선전물들이 전향자들의 결정에 어떤 영향을 끼쳤는지는 당최 알 수 없는 노릇이다. 진혁은 무얼 바랐던 걸까.

거기서 어디로 가야 하는지 알 수 없는 장소 중 하나는 그가 사는 곳이었다. 어쩌면 당연하게도 그는 제 집주소를 찾아보지 않았다. 아니, 내가 무심코 놓쳤는지도 모른다. 아니, 그럴 리가 없지. 매일 오가는 곳을 빠뜨렸을 리가 없다. 당연하게도 그의 동선은 언제나 출발지가 아닌 첫번째 목적지에서 시작되었다. 걸어서 갔을 수도 있고 그곳 사람들이 흔히 그러듯 자전거를 탔을 수도 있다. 트램도 좋고 버스도 나쁘지 않다. 혜서는 어서 거기에 가서 뭐든 타고 싶었다. 그러면 나도 그 삼거리에 가보겠지. 거기엔 여전히 그 곰 인형이 놓여 있을까. 그는 이 주일에 한 번씩은 꼭 그곳에 갔는데, 주기적으로 가는 장소가 드물었기에 그만큼 자주 살펴보게 되었다. 주변엔 그다지 눈에 띄는 게 없었다. 자주 가는 카페가 골목에 있는지도 몰랐다. 그나마 가장 눈에 들어오는 게 바로 그 곰 인형이었다. 삼거리 중앙의 교통섬에 그게 있었다. 누가 언제 떨어뜨렸는지 몰라도 때마침 스캐닝 차량이 거길 지나간 거라 생각했다. 하지만 화면을 확대해보니 그 때 탄 인형은 가축처럼 신호등 밑동에 묶여 있었다. 사진 하단의 워터마크는 그게 찍힌 시점이 삼 개월 전이라는 것을 알리고 있었다. 만약 아직까지도 그게 거기에 있다면 퍽 반가울 것 같았다. 이 소득 없는 미행에서 낯을 익힌 얼굴은 그뿐이었다.

*

혜서는 민주에게 저를 대신할 피디들에게 전해달라며 생방송 진행 매뉴얼을 건네주었다. 그들은 혜서의 앞뒤 시간 프로그램을 맡고 있었다. 한 피디가 휴가를 가면 그런 식으로 일을 맡아줬다. 친한 동료에게 부탁하는 게 심적으론 더 편하겠지만, 서로의 방송 시간에 차이가 많이 나면 그럴 수가 없기 때문에 그런 암묵적인 규칙이 생겼다. 대개는 그 앞이건 뒤건 한 피디가 도맡아주는데 이번에는 둘 모두에게 부탁을 해야 했다. 긴 휴가를 낸 탓이었다. 오 일. 앞뒤 주말까지 붙여서 구 일. 일주일 넘게 자리를 비우는 건 입사 이후 이번이 처음이었다. 디제이들도 해외 촬영이 아니고서야 이러는 경우가 드물었다. 혜서가 이럴 수 있었던 건 순전히 그 프로그램이 그렇게 된 덕분이었다. 마땅히 보장된 휴가를 포상의 형식으로만 얻을 수 있단 게 마뜩잖았지만 지금이 아니면 언제 또 이럴 수 있을지 몰랐다.

민주는 심란해 보였다. 그럴 만도 한 게, 담당 피디가 자리를 비운 새 프로그램에 문제가 생기면 그 책임은 자리를 대신한 피디도, 메인 작가도 아닌 막내에게 전가되곤 했다. 잠깐 자리를 맡은 피디가 매뉴얼을 세세히 숙지하는 경우는 드물었고, 대개는 막내 작가를 옆에 두고 이거 다음은 뭐냐고 묻는 게 예사이기 때문이었다. 잘못을 떠넘기기 딱 좋았다. 그러니 민주는 평소 하던 일을 그대로 하면서 혜서의 역할 또한 드러나지 않게 병행해야 할 터였다. 그래서 혜서는 애초에 민주에게 맞춰 매뉴얼을 작성했다.

"네 메일로도 보내놨으니까 한번 봐봐. 이거 보면서 하면 별일 없을 거야. 쉬워. 하루만 해보면, 내가 평소에 하는 일이 뭐가 있나 싶을 거야."

혜서는 그녀의 웃음을 기대했다. 그러나 민주는 혜서가 준 문서를 가슴에 안고 연신 고개만 끄덕였다. 그녀는 잘할 것이다. 계속 나랑만 일할 것도 아니고. 앞질러 생각한 게 무안해 몸을 돌리는데 민주가 물었다.

"피디님, 거기서 뭐하실 거예요?"

"대마."

그러곤 혜서는 입술에 검지를 가져다 대고 한쪽 눈을 찡긋 감았다. 민주가 혜서를 따라 하며 한쪽 입꼬리를 당겼다. 힘주어 그렸을 아이라인이 눈꺼풀 사이로 올라왔다. 기대했던 웃음이었다.

"피디님이 거기 가신대서 어제 유튜브로 암스테르담을 찾아봤거든요. 그러다 백남준이라는 미술가가 80년대에 한 인터뷰를 봤어요. 거기서 그 사람이 그러더라고요. 예술이 나오려면 도시가 썩어야 한다, 뉴욕이나 암스테르담처럼 완전히 썩어야 예술이 나온다. 서울은 더 썩어야 한다고요."

"그래? 내가 어디 얼마나 썩었나 한번 보고 올게. 대신 비밀 지켜."

"선물 사오시면요."

민주가 짐짓 목소리를 낮추며 혜서와 눈을 맞췄다. 혜서는 그녀가 암스테르담을 검색해본 얘길 어떻게 꺼낼지 고민했을 게 눈에 선했다. 그 방도를 찾고서야 웃는 민주가 미더웠다. 괜한 걱정을 한 것이다. 그녀는 잘할 것이다. 혜서는 편집기로 가서 그날 자정이면 지워질 파일을 열고, 그 트랙을 추출해서는 제 스마트폰에 옮겼다. 기어이 그와 마주친다면 어떻게 해서라도 이걸 들려주면서 물어볼 것이다. 그러면 그도 별수없겠지. 비밀 같은 건 아무래도 없는 게 좋다.

얼굴

애영은 커다란 렌즈를 앞세운 카메라로 거리를 찍고 있는 일본인 관광객과 길 하나를 사이에 두고 마주했다. 그의 프레임 안에 자신이 들어가 있음을 확신했다. 그러나 제지하고 싶지도, 피하고 싶지도 않았다. 그렇게 제 얼굴이 낯선 이의 사진에 실려 멀리 떠나가는 상상을 하는 게 좋았다. 무언가 제 소관으로부터 벗어나는 그 기분이 좋았다. 가본 적도 없는 나라의 광고판에 제 얼굴이 붙어 있는 할리우드 스타의 기분이랄까. 어디로 갈까. 초로의 사내. 그는 왜 여기서 혼자 저러고 있는 걸까. 풍경을 찍는 양 저를 찍는 것만 같았다. 애영은 점점 더 그 생각에 확신이 들었다. 여기에 처음 왔을 땐 길에서 늙은 동양인만 보면 궁금증이 생겼었다. 어떻게 여기서 저렇게 늙어갔을까. 그들에겐 어떤 사연이 있을 것만 같았다. 꼭 그래야 할 것도 아니지만 쉬이 그런 생각이 들었다. 그

28

녀는 길을 건너 레익스미술관의 아케이드로 들어갔다.

휴관일인 탓에 자동 회전문이 움직이지 않았지만 애영의 얼굴을 알아본 경비원이 데스크에서 나와 곁문을 열어주었다. 전시실 안에는 3인 1조로 돌아다니는 직원들이 군데군데 보였다. 한 명은 가상현실 기기를 온몸에 착용하고 있었고, 다른 한 명은 앞을 볼 수 없는 그의 손을 잡고 있었고, 나머지 한 명은 벽에 걸린 그림을 태블릿 피시로 촬영하고 있었다. 다미안이 참여하고 있다는 새로운 관람 프로그램을 시험하고 있는 모양이었다. 애영은 그들을 지나쳐 관내 도서관으로 들어갔다. 같은 레지던스 프로그램에 참여하고 있는 몇몇 작가들이 이미 자리를 잡고 있었다. 그러나 그녀는 그들과는 달리 오늘도 저만의 딴짓을 할 예정이었다. 처음에는 괜스레 죄책감이 들기도 했지만 아주 딴짓도 아니란 생각이 금세 그 마음을 덮었다.

세계에서 가장 아름다운 도서관을 꼽을 때면 빠지는 경우가 없는 그곳은 사층 건물 높이의 거대한 열람실이다. 바닥부터 천장까지 양장본으로 빈틈없이 채워진 사면의 서가를 나선형 계단이 담쟁이넝쿨처럼 타고 올라간다. 그 중간중간 회랑이 둘러쳐져 있지만 단 한 번도 그 위를 걷는 이를 본 적은 없었다. 다분히 장식적이었다. 애영은 그 점이 맘에 들었다. 그 장식성이 이 미술관의 그 어떤 작품보다 예술적이라고 생각했다. 원래의 목적을 전시적으로 배반하고 있다는 점에서 그랬다. 벽에 걸린 것들은 감상자가 달라졌을 뿐 여전히 주어진 역할을 그대로 수행하고 있었다. 그 사실을 방금 마주친 전시실 직원들이 몸소 증명하고 있었다. 눈으로 보는 것보다 더 생생해. 머리에 3D 고글을 쓰고 허공으로 손을 허우적대던 그의 말은 진심이었을 것이다. 이제 눈으로 봐선 원작으로부터 얻어낼 수 있는 게 더는 없었다. 이곳 레익스가 자랑하는 렘브란트의 〈야경〉은 캔버스 표면에 각질처럼 일어난 붓자국까지 밀리미터 단위로 분석되고 해석되었다. 그 치욕적인 엑스선 촬영은 진작에 끝났다. 더 내릴 진단이 남아 있을까.

거기에 생각이 미치자 애영은 그만 자신이 없어졌다. 〈야경〉이 주는 감동을 부정하는 건 억지스러운 일이었다. 어디에서도 본 적 없는 검정색의 하늘 아래 어떤 배우에게서도 본 적 없는 표정의 얼굴들이 그림 밖에서 들어온 것만 같은 빛을 받고 거기 서 있었다. 눈물이 날 것 같아서 고개를 돌리려다가도 차라리 울어버리고 싶었다. 애영은 벽 하나를 온전히 뒤덮은 그 십오 제곱미터의 그림 속 모든 인물들에게 적어도 한 번씩은 홀렸다. 그들 모두와 크고 작은 비밀을 나눴다. 허리춤에 죽은 닭을 매단 그 겁먹은 눈의 소녀와 시선을 맞추기 위해 한동안 얼마나 애를 썼던가. 애영은 당장 그녀를 보러 가고 싶은 마음을 누르고 빈자리를 찾아 앉았다.

*

　애영은 노트북이 부팅되는 동안 옆에 앉은 이의 모니터를 바라보았다. 그는 알아볼 수 없는 프로그래밍 코드를 작성하고 있었고 애영은 그 알아볼 수 없는 글자들의 의미를 얼마 지나지 않아 알아볼 수 있게 되길 바랐다. 다미안의 코스가 끝날 즈음이면 전부는 아니더라도 적어도 저게 무슨 뜻인지 대강은 알아챌 수 있을 것이다. 다미안은 좋은 선생이었다. 애영은 그가 수업 첫날에 한 얘기가 마음에 들었다. 그는 짧게 자기소개를 한 다음 화이트보드에 두 개의 점을 찍었다. 그리고 이 점에서 저 점까지 가는 가장 빠른 방법이 무엇인지 물었다. 너무 뻔한 질문이라 오히려 모두가 머뭇거리는 새 그가 두 점을 직선으로 이었다. 이걸 모를 줄은 또 몰랐네요. 아무것도 모르는 아이들도 다 알 텐데. 이번 학기는 아무래도 갈 길이 험난하겠어요. 그 말에 다 같이 웃었는데 입을 막고 재채기를 하는 듯한 그의 웃음소리가 상당히 거슬려서 강의실 안은 금세 조용해졌다. 그래요, 이건 배우지 않아도 아는 거죠. 아이가 엄마한테 뛰어가는 걸 보면 저렇잖아요. 중간에 차도가 있건, 횡단보도가 멀리 있건, 신호등이 빨간불이건, 그런 건 다 무시하고 그냥 엄마한테 직진하는 거죠. 기계들도 마찬가지예요. 이 점에서 저 점까지 가장 빠르게 가는 방법이 뭐냐고 물으면, 고장이 난 게 아니고서야 다짜고짜 직선을 그을 거예요. 사실 그게 정답이니까요. 그런데 문제는 우리가 사는 실제 세상은 그렇지 않다는 거죠. 차도도 있고, 인도도 있고, 과속방지턱도 있고, 육교도 있고, 횡단보도도 있고. 그러니까 말하자면, 이런 걸 아이에게 가르쳐주듯이 기계한테도 하나하나 다 알려줘야 한다는 거예요. 가령 여기서 중앙역까지 도보로 가는 가장 빠른 길을 일러주려면 인도는 어디에 있고, 횡단보도는 어디에 있고, 저 건물은 출입구가 하나여서 관통할 수 없고, 저 철길 밑에는 지하도가 있어서 가로지를 수 있고, 뭐 그런 걸 미리 다 알려줘야 한다는 거죠. 기계는 당연한 게 왜 당연한지 모르니까요. 안 그러면 아무렇지 않게 벽을 뚫고 물 위를 걸으려고 할 거예요. 마치 아이들이 자기가 날 수 있다고 생각하면서 담벼락 위에서 뛰어내리듯이 말이에요. 다시 말해, 이건 되고 저건 안 된다는 걸 조건화하는 게 우리가 흔히 얘기하는 알고리즘이고, 또 그게 바로 우리가 이번 학기 동안 배울 기계학습의 전부예요.

애영은 그의 말이 설령 비유에 불과할지라도 자신이 이에 대해 이미 알고 있다는 걸 알았다. 이건 되고 저건 안 된다는 걸 가르쳐주는 일. 이걸 잘할 수 있을까. 옆에 앉은 남자가 제 화면을 보는 애영의 시선을 느끼고 그녀에게로 고갤 돌렸다. 그리고 알은체를 했다. 불편할 건 없었다. 먼저 인사를 하지 않은 건 그에게 그럴 기회를 주기 위해서였으니까. 애영은 그의 고갯짓에 손을 낮게 한 번 흔들고는 제 모니터로 눈을 돌렸다. 그리고 자신이 그의 인생을 끝장낼 생각을 했었단 게 떠올라 소리 없이 웃었다.

가브리엘은 이 레지던스 프로그램에서 처음으로 만난 이였다. 스튜디오에 입주하던 날, 뭐가 문제인지 전자 키가 작동하지 않아 정문 앞에 캐리어를 세워둔 채 연신 벨만 누르던 참이었다. 그때 가브리엘이 안에서 나왔고 그녀 보곤 곤니치와, 라고 말했다. 한참 서 있었던 게 짜증났던 것도 사실이지만, 이어진 애영의 대꾸는 입에 붙은 지 오래된 것이었다. 아임 낫 재패니즈. 그다음에 이어질 말은 디스 이즈 레이시즘이었지만 그가 재빨리 소리, 하고 말을 끊었다. 코리언? 애영이 고개를 까딱이자 그가 말을 이어갔다. 네가 쓴 안경이 일본 스타일이라서 난 일본인이라고 생각했지. 그런 동그란 안경테 말야. 내가 일본에 오래 있었거든. 아, 얼마 전까지는 한국에 있는 레지던스에도 있었어. 백남준미술관 알지? 거기에 있었어. 애영은 그 모든 묻지도 않은 얘기들이 죄다 제 말을 막기 위함이라는 걸 모르지 않았다. 그녀는 이미 여기서 너무 많은 니하오와 충분히 많은 곤니치와 부족하지 않은 안녕을 겪었다. 개인을 어떤 집단의 일부로 치부하는 것, 그리하여 그를 한 인간으로 대하지 않는 것, 그게 바로 차별이란 그 당연한 사실을 어떻게 해야 당연한 걸로 알아먹게 할지 매번 피로했다. 그래서 대개는 그냥 무시했지만, 때때로 컨디션이 좋을 때면 공을 들여 설명해주기도 했다. 이거 인종차별이야. 왜? 내가 누군지도 모르면서 네 맘대로 내가 누군지 가정했으니까. 난 그럴 의도가 아니었어. 네 의도가 중요한 게 아니라 내 기분이 중요하지. 난 그냥 인사를 하고 싶었던 것뿐이야. 그런 거였으면 그냥 다른 백인들한테 하듯이 웨어 아 유 프롬부터 물어볼 것이지 왜 다짜고짜 니하오야, 곤니치와야, 안녕이야. 내 얼굴이 무슨 퀴즈도 아니고. 애영은 짜증도 났겠다 이 지루한 연극을 한번 더 공연할 요량이었는데, 가브리엘이 대번에 소리, 하고 막을 내려버린 것이었다. 어느새 그는 자신이 아는 한국 작가들의 이름을 늘어놓고 있었고, 애영은 그가 이런 상황을 겪는 게 처음이 아닐 수도 있겠단 생각을 했다. 그렇다면 더 나쁜 새끼겠지만. 물론 그 순간에 그 단 한번의 곤니치와로 그의 인생을 무너뜨릴 생각을 한 건 아니었다. 그녀의 맞장구를 기다리며 여전히 이런저런 한국 얘길 늘어놓고 있는 그를 뒤로하고, 애영은 캐리어를 끌고 안으로 들어갔다. 그가 그녀의 등뒤에 대고 말했다. 나이스 투 미트 유. 애영이 캐리어를 세우고 고갤 돌려 대꾸했다. 미 투.

*

애영이 자신의 이름이 붙은 방을 겨우 찾아 짐을 풀고 있을 때 방문을 두드리는 소리가 들렸다. 그녀는 펼쳐놓은 캐리어를 넘어갈 엄두가 안 나, 문 열렸어요, 라고 외치고는 천천히 문이 열리는 걸 지켜보았다. 마이레가 조심스럽게 안으로 들어왔다.

"애영 맞지? 난 마이레야. 네 옆방에 있어."

애영은 마르고 까무잡잡한 그녀가 일본인이란 걸 알았다. 어떻게 알 수 있는지 알 수 없었지만 알 수 있었다. 모를 일이었다. 시선을 내리깐 듯 비스듬한 눈매가 매력적이라는 것밖에는.

"어, 그래. 반가워."

"나도. 가브리엘이랑은 아는 사이인가봐?"

"가브리엘?"

"아, 모르는구나. 아까 봤어. 정문에서 네가 가브리엘이랑 얘기하고 있는 거. 서로 아는 줄 알았지."

"아, 전자 키가 작동을 안 해서 벨을 누르고 있는데 그 사람이 나왔어."

"그 벨 고장났어. 그리고 전자 키는 아마 아직 등록이 안 돼서 그런 걸 거야. 나도 처음에 그랬거든. 지하 관리실에 가면 해결해줄 거야."

"그렇구나. 알려줘서 고마워."

"뭘. 아무튼 가브리엘이 모르는 사람이 다 있네. 난 나만 몰랐나 했는데."

애영은 마이레의 말에서 냉소를 읽고 그녀에게 호감을 느꼈다.

"왜 그 사람이 모르는 사람이 없는데?"

"유명하잖아. 가브리엘 트릴링."

"아, 그 사람이 그 가브리엘이야?"

"그럼 그렇지. 너도 아는구나. 응, 그 가브리엘이야."

미술계 행사에 얼굴을 비추는 일이 드문 애영에게도 그의 이름은 익숙했다. 그 이름은 각종 전시 팸플릿 서문에 빈번하게 등장했고, 한번은 그의 개인전을 본 적도 있었다. 전시장 안에 들어서면 관객의 움직임에 따라 온갖 문자들이 벽을 타고 따라오는 영상 작업이었다. 한데 섞인 알파벳과 아랍문자와 한자와 가타카나와 한글이 행인의 그림자처럼 관객을 뒤쫓았다. 여러모로 의미를 부여하기 좋은 작업이었고, 한동안 비평가들 사이에서 화제를 모으기도 했다. 애영은 영리한 작가라고 생각했던 게 떠올랐다. 가브리엘 트릴링은 정교한 컴퓨터 프로그래밍으로 관객과 공간 간의 상호작용을 유도하는 작업을 해왔다, 는 전시 팸플릿의 아리송한 작가 소개글도 얼핏 기억이 났다.

"진짜 영리하네……"

무심코 튀어나온 그녀의 말을 들은 마이레가 애영의 얼굴을 빤히 쳐다봤다. 애영은 그녀의 눈에서 자신이 방금 느꼈던 것과 같은 호감을 읽을 수 있었다. 마이레가 눈을 맞춘 채 말을 이었다.

"웬만한 작가들은 다 알더라고. 여기저기 안 가본 레지던스가 없는 것 같기도 하고."

"나는 작가 레지던스에 입주하는 게 이번이 처음이야. 원래 암스테르담에 살아서 작업실이 따로 필요 없었거든."

마이레가 천천히 눈을 감았다 떴다. 애영은 그 반쯤 감긴 눈에서 그녀가 이미 자신에 대해 알고 있음을 직감했다. 그녀는 내가 올해 몬드리안 기금을 받은 것과 그 덕분에 여기 온 것을 알고 있다. 그건 그 나머지에 대해서도 안다는 뜻이겠지. 우리는 어떻게 이렇게 빠르게 생각할 수 있는 걸까. 그게 마이레와 다시 눈을 맞췄을 때 애영이 마지막으로 한 생각이었다.

"사실 나 알고 있어. 네가 이번에 몬드리안 기금 받은 거. 그래서 여기 온 거 말이야."

"그렇구나. 그래, 예전에 발표가 났으니까."

"실은 나도 지원했었어. 아직 여기 있긴 하지만, 계속 암스테르담에 있고 싶거든."

애영은 그녀가 품었을 기대가 어떤 것인지 모르지 않았다. 미술가로 산다는 건 어떤 의미에서건 기약 없는 일이니까. 레익스미술관의 레지던스에 들어오는 것도 흔한 기회는 아니지만, 마이레는 분명 짐을 풀자마자 또다른 기금의 지원서를 작성하기 시작했을 것이다. 그중에서도 몬드리안 재단의 기금은 네덜란드에서 활동하는 젊은 작가들이라면 누구나 빠지지 않고 노리는 돈이었다. 일 년 동안 지급되는 만구천 유로의 큰돈도 큰돈이었지만, 그럼에도 결과물을 평가하지 않는다는 관대함이 그것을 간절히 원하게끔 만들었다. 그 기대가 많은 이들을 이곳으로 불러들였다. 거기다 이번에는 이곳에 입주할 기회까지 더해져서 평소보다 지원자가 더 많았다. 여느 작가 레지던스와 마찬가지로 일정 기간 동안 개인 작업실을 제공해주는 게 전부였지만, 몇 년 새 암스테르담의 주거비용이 어지간한 작가의 수입으로는 도저히 감당하기 어려운 수준으로 오르는 바람에 입주 경쟁이 만만찮았다. 때문에 여기서 만난 이들조차도 정작 서로의 작업에 관한 얘기보다는 집세에 대한 성토에서 수월하게 공감대를 찾았다. 그리하여 애영이 대답하기 난처한 기색을 보일세라 마이레가 재빨리 말을 이었다.

"뭐 또 무슨 수가 있겠지. 난 걱정없어. 늘 어떻게든 되더라고. 그나저나 이따 이반이 자기 방에서 파티를 한다는데 너도 같이 갈래? 어차피 알게 될 사람들인데 이번에 보면 나쁘지 않을 거 같아서. 이반은 내가 여기서 제일 좋아하는 친구야. 너도 친해지면 좋겠다. 피곤하면 다음에 따로 봐도 좋고. 편하게 생각해. 아무튼 나는 이따가 여덟시에 갈 거니까 올 거면 그전에 내 방으로 와. 사실 이 말 하려고 온 거야."

들어올 때처럼 조심스럽게 문을 닫고 나가는 마이레의 뒷모습을 보면서 애영은 그녀가 자신에 대해 이미 알고 있던 사실을 미리 털어놓기 위해 서둘러 자신을 찾았음을 알았다. 그 마음이 좋았다. 그리고 그에 못지않게 그녀가 자신에 대해 알고 있는 모든 사실을 다 털어놓지 않았다는 게 고마웠다. 마이레는 한번 더 기대를 했을 것이다. 얼마 전까지도 애영이 기금을 포기할지 모른단 얘기가 돌았고, 그렇게 된다면 재심사가 이루어질 것이었다. 애영은 자신이 저도 모르게 그녀의 기대를 저버렸음을 알았다. 어쩔 수 없는 일이었다.

*

　그녀가 가브리엘을 끝장낼 생각을 한 건 이반의 방에서였다. 마이레의 방문이 열려 있었다. 애영은 문밖에 서서 노크를 해보았지만 안에서는 아무런 반응이 없었다. 아직 여덟시가 되려면 십 분이나 남아 있었다. 마이레는 처음부터 내가 파티에 가지 않을 거라고 생각했었는지도 모른다. 애영은 이러지도 저러지도 못하다가 어쨌거나 그녀를 다시 보려고 했는데, 이걸로 됐다 싶었다. 몸을 돌리는데 안쪽에서 부스럭거리는 소리가 들렸다. 언뜻 마이레의 맨발바닥이 보였다. 그녀는 방 한편의 간이 매트리스 위에 누워 있었다. 애영은 조심스럽게 방안으로 들어갔다. 마이레가 헐렁한 트레이닝팬츠를 입고 몸을 웅크린 채 잠들어 있었다. 무슨 생각이었는지 애영은 그녀 앞에 쪼그려앉아 그 표정 없는 빈 얼굴을 바라보았다. 눈썹이 날렵했다. 다듬은 흔적이 없는 걸로 봐선 원래 그런 듯했다. 왠지 이를 한 올 한 올 뜯어보면서 저녁을 보낼 수 있을 것만 같았다. 저도 몰래 정말로 그러고 있단 걸 알아채자마자 애영은 서둘러 일어났다. 하지만 그러고도 또 이대로 두고 가기가 조심스러워서 이러지도 저러지도 못하고 그 앞에 가만히 서 있다 어느새 눈썹에 다시 눈이 갔고, 결국 별수없이 느릿하게 몸을 돌려 문 쪽으로 걸어갔다. 그리고 마치 방금 온 듯이 문을 두드리며 마이레를 불렀다. 마이레가 천천히 몸을 일으키며 애영을 바라봤다. 어, 벌써 갈 시간이야? 애영이 고개를 끄덕였다.

엘리베이터 안에서 대마초 냄새가 났다. 애영은 자던 차림 그대로 트레이닝팬츠에 카디건만 걸치고 나온 마이레를 보면서 어떤 파티냐고 물었다. 마이레가 짧게 눈을 굴렸다.

"음, 파티이긴 한데, 뭐 이반이 파티라고 했으니까. 그냥 친한 작가들끼리 간단히 저녁 먹는 거야. 이반이 얼마 전에 자기 작업 도와준 친구들한테 요리를 해주고 싶다고 해서 말야. 이반이 요리를 엄청 잘해. 사실 다들 그거 얻어먹고 싶어서 도와주는 거지 뭐."

"어떤 작업인데?"

"음, 내 작업이 아니라서 뭐라고 설명하기 어렵네. 어, 뭐라고 해야 하지. 아, 모르겠다. 존 케이지? 아, 아닌데. 아무튼 말하자면 클래식 악기를 해체하는 거야. 그보단 부순다는 표현이 더 맞겠지만. 이따 이반한테 물어봐. 나는 이반 작업 좋아해."

애영은 암스테르담에 온 지 얼마 되지 않았을 적엔 어디선가 대마초 냄새가 나면 쓸데없는 걱정이 들었었다. 간접흡연만으로도 모발이나 소변에서 그 성분이 검출된다면 그게 그런 게 아니라고 어떻게 설명할 수 있을까. 그 말을 믿어줄까. 냄새를 맡는다는 게 냄새 분자가 후각신경을 자극하는 것에 다름 아니라면 살면서 맡아온 그 수많은 냄새들은 모두 조금씩이나마 내 몸안에 쌓여 있을까.

타르에 찌든 골초의 폐처럼, 오래 맡은 체취로 병들 수도 있을까.

예상과 달리 이반의 방에는 음식냄새만 가득했다. 잊고 있던 허기가 되살아나자 애영은 그제야 괜히 왔나 싶은 불편한 마음이 들었다. 싱크대 안쪽에서 분주하게 무언가를 손질하고 있던 이반이 고개를 빼고 마이레에게 눈짓을 한 뒤, 애영을 보고 웃으며 고개를 까딱였다. 그 너머로 테이블에 둘러앉아 프로세코를 마시고 있는 셋이 보였다. 그들은 애영과 마이레가 왔는지도 모르고 서로의 이야기에 빠져 있었다. 마이레가 그중 하나의 뒤로 슬그머니 다가가 잔을 뺏으며 말했다.

"아침에 마시는 술을 이 시간에 마시다니, 이런 교양 없는 예술가들 같으니라고! 난 이래서 현대미술이 너무 싫어!"

"나도."

"동의."

나머지 둘이 차례로 마이레와 잔을 부딪치며 대꾸했고, 잔을 뺏긴 이는 그녀의 뺨에 입을 맞추고는 제 잔을 되찾아갔다. 마이레가 애영과 그들을 서로 소개시켜주었다. 애영은 그들이 모두 마이레가 자신에 대해서 아는 것만큼 자신에 대해 알고 있음을 알았다. 그녀가 저를 이름만으로 소개하는 걸 보니 그랬다.

"나는 왜 빼놔. 나는 이반이야. 홍콩에서 왔고. 반가워."

"너는 누가 봐도 이반이니까. 우리 왕자님."

이반이 샐러드 파스타가 담긴 커다란 볼을 테이블 중앙에 내려놓으며 말했다. 그러면서 다른 한 손으로 의자를 뒤로 뺐고, 앞으로 흘러내린 긴 머리카락을 뒤로 쓸어넘겼다. 보기 좋은 몸짓이었다. 애영은 그가 빼준 의자에 앉으며 그를 올려다봤다. 이반은 다른 이들과 달리 정장을 차려입고 있었다. 하지만 일부러 신경을 썼다기보다는 평소에도 저렇게 하고 있겠다는 인상을 주었는데, 그건 아마도 그의 복장에 과장된 구석이 있기 때문인 듯싶었다. 오스카 와일드처럼 입었달까. 그래선지 그는 왠지 늙은이나 오래된 흑백사진 속 인물 같았다. 어쩌다 스타일은 노인들만의 전유물이 되었을까. 유행의 자장에서 벗어나 있는 건 그들뿐인 듯싶었다. 아니, 그들도 무언가를 따라 하는 건데 다만 내가 알아보지 못하는 걸까. 내가 그들에게서 발견하는 멋은 그렇다면 그들에겐 무엇일까. 이반이 입은 셔츠의 하이칼라가 그의 턱선과 닿을 듯이 평행을 이뤘다. 머리카락이 자꾸 그 사이로 말려들어갔다. 그의 부모 중 누가 중국인일까. 소고기 스튜가 바닥을 보이고, 미리 순서를 정해둔 세번째 와인을 땄을 때 이반이 애영에게 물었다.

"여기 있는 동안 뭐할 거야?"

"아직 생각중이야. 계속 생각만 할지도 모르지만."

"그것도 좋네. 생각하기는 좋아, 여기가 참."

마이레가 대화에 끼어들었다.

"안 돼, 뭘 만들어야지. 안 그러면 계속 가브리엘 같은 인간들이 설친다고."

"야, 내가 얼마나 부지런하게 작업하는데. 오늘 요리가 맛이 없었나봐?"

"그래서 하는 소리야. 네가 계속 뭘 만들어야 내가 계속 도와주고. 그래야 이런 따뜻한 음식을 계속 먹을 수 있지."

"그럼 그렇지."

"애영도 가브리엘 만났잖아. 아까 무슨 얘기 했어?"

"별로. 곤니치와, 라고 인사하길래 나 일본인 아니라고 한 게 다야."

순간 모두가 웃었다.

"아, 진짜 대단하다. 이건 인정해줘야 해. 어떻게 그럴 수가 있지? 나한테는 처음에 니하오, 이반한테는 안녕, 이라고 했거든. 진짜 일부러 그러는 거 같아 정말."

그때였다. 애영이 가브리엘의 여생에 대해 생각한 것은. 그가 여태껏 내뱉은 부적절한 언사들을 그러모아 공식적으로 문제제기를 하는 거다. 아시아에 오래 머물렀다니 이게 다는 아닐 거다. 미술관측에서는 물론 대수롭지 않은 일로 여길지 모른다. 그럴 수도 있다. 그게 더 낫다. 그러면 그게 왜 문제인지 집요하게 물고늘어지는 거다. 한 번의 니하오와, 곤니치와, 안녕이 어떤 기분을 주는지 낱낱이 밝히는 거다. 오토바이를 탄 십대들이 니하오를 외치며 제 옆을 지나간 후 그 자리에 주저앉아 울었던 일을 고백하는 거다. 어떤 제재가 있지는 않겠지만 가브리엘의 평판에 흠을 주기에는 부족하지 않을 것이다. 평판은 작품의 완성도만큼 중요한 거니까. 그 정도면 충분히 그의 커리어에 한계선을 그어놓을 수 있을 것이다. 아시아에서 활동하기가 쉽지는 않겠지. 취한 탓에 애영은 자신이 실제로 그런 일을 벌일 수 있을 것만 같았다. 아무 문제 없이 생각대로 될 것 같았다.

애영은 창밖을 바라봤다. 시야를 가리는 높은 건물이 없어서 도시의 끝자락에 눈길이 닿았다. 여러 겹의 건물들이 어슷하게 포개지면서 입체 카드처럼 풍경이 펼쳐졌다. 그 경계를 따라 도열한 타워 크레인의 불빛이 등대와 같이 어슴푸레하게 반짝였다. 희미하게 뭉개진 지평선이 수평선처럼 보였다. 구름은 너무 낮고 자신은 너무 높은 곳에 있는 것 같았다. 어지러웠다. 술을 너무 오랜만에 너무 많이 마셨다. 잔상으로 어른거리는 텔레비전 화면처럼 지금 여기로부터 조금 비켜서 있는 듯했다. 마침 마이레가 한쪽 팔에 머리를 베고 눈을 감았다. 세다 만 눈썹이 보였다. 애영은 그녀를 방에 데려다주겠다고 말했다. 이반이 도와주겠다고 말했지만 애영은 괜찮다며 그녀를 일으켰다. 마이레는 순순히 애영의 손을 잡았다.

*

　느지막이 일어나 안락사 신청서를 작성하고 있는데 아이의 웃음소리가 들렸다. 동시에 요의를 느꼈는데 한없이 참을 수 있을 것 같다는 생각이 들었다. 창밖에서 가브리엘의 목소리가 들렸다. 안나, 너도 할 수 있어. 여자라고 못하는 건 없다고. 애영은 그 말이 고까웠다. 당연한 것을 당연한 듯이 말하는 그들을 볼 때면 종종 그 감정이 마음속 깊은 데서부터 차올랐다. 그 모든 맞는 말들에 반하고 싶었다. 이 맑은 공기가 어느 나라의 하늘을 더럽히고 얻은 것인지 똑똑히 알려주고 싶었다. 베이징에 사는 여덟 살 난 아이의 폐암과, 거기서는 도저히 뛸 수 없다며 올림픽 출전을 거부한 에티오피아의 마라토너에게 쏟아진 비난에 대해 책임을 묻고 싶었다. 여자도 뭐든 할 수 있다는 그들 사회의 남성들이 동남아시아에 가서 저지르는 일들에 대해 따지고 싶었다. 누워서 침을 뱉게 하고 싶었다. 하지만 그 말들은 그들이 그렇게 누리고 있는 바로 그것을 자신 또한 탐하고 있단 사실에 번번이 목에 걸렸다. 더는 참을 수가 없었다. 애영은 펜을 내려놓고 화장실로 가서 오줌을 누었다.

　지난해 네덜란드에서 안락사로 세상을 떠난 이들의 수는 4188명으로 전체 사망자의 삼 퍼센트를 차지했다. 수많은 사인 중에 그 정도면 적지 않은 숫자일 것이었다. 애영에게 신청서를 내준

안락사협회 담당자는 심사에 짧게는 삼 개월, 길게는 일 년 정도
의 시간이 걸릴 것이라고 말했다. 쉬운 일이 아니겠단 생각이 들
었다. 그는 제 말을 듣고 끝내 안락사 결정을 얻어낸 사람들을 떠
올릴까. 이 일의 보람은 무얼까. 실적은. 애영은 그에게 하나의 숫
자가 되어줄 자신이 있었다. 심사과정에서 있을 정신감정과 심리
상담, 더 살아 있음으로 인해 겪을 고통의 정도에 대한 평가까지,
그 모든 절차를 순탄하게 통과하여 마침내 원하던 것을 얻어내고
말 터였다. 여기서 이런 권리를 누리게 될 줄은 몰랐었다.

공사

그는 고갯짓으로 뒤집어진 교복 깃을 젖히고는 귀퉁이가 접힌 페이지를 찾아 책을 펼쳤다. 애영은 그가 너무 어려운 책을 너무 많이 읽는다고, 그런 것만 골라 읽는다고 놀리곤 했다. 그럴 만했다. 진혁은 이해할 수 없는 문장 속에서 허우적대길, 그 안에서 겨우겨우 익사하지만은 않길 즐겼다. 그는 욕조 안에서 숨 참기를 연습하는 아이처럼 입을 꽉 다문 채 한 페이지에 담긴 글자 하나하나를 읽고 또 읽었다. 문장과 단어와 부호와 행간이 물거품처럼 낱낱이 흩어져 결국 하나의 페이지가 하나의 인상이 되어버릴 때까지 그러길 반복했다. 그러다 돌연 긴 숨을 내쉬며 고갤 들어 통창 너머의 풀장에서 헤엄치는 애영의 수영모를 눈길로 따라갔다. 분홍색 점이 파란 수면에 점선을 그으며 모스 부호처럼 깜박였다. 문득 책을 내려놓고 플라스틱 벤치를 짚을 때 느껴지는 시원함이 좋았다. 그는 포카리스웨트 캔을 힘주어 구긴 뒤 일어서서 유리창 쪽으로 다가섰다. 애영이 레인 끝에 다다라 한 팔을 출발대에 걸치고는 자신을 향해 모자를 흔들길 기다렸다. 언젠가 같이 수영을 할 수 있을까. 그러면 좋겠다고 그는 유리창에 손바닥을 대고 생각했다. 하지만 결코 풀장으로 내려가지는 않았다. 그렇게 여느 때처럼 로비에서 애영을 기다리는데, 데스크에 앉아 있던 코치가 뒤에서 말을 건넸다. 네 여자친구 너무 예쁘지. 진혁은 잠시 그녀를 빤히 바라보다 소리 없이 네, 하는 입 모양을 지어 보이곤 다시 통창으로 시선을 돌렸고, 발기했다. 창 너머로 멀찍이 애영이 자신을 바라보고 있었다. 몸을 돌릴 수 없었다. 눈을 돌릴 수 없었다. 진혁은 방금 읽은 문장들을 떠올리려, 그 말뜻을 이해하려 애써보았지만 머릿속엔 먹구름처럼 덩어리진 문단의 형체만 어른거렸다. 이내 분홍색 점이 다시 수면 아래로 내려갔고 그는 뒷걸음질로 벤치에 주저앉았다. 시선이 느껴졌지만 데스크 쪽으로 고갤 돌릴 엄두가 나지 않았다. 유리창에 흐릿하게 비친 코치의 얼굴에선 그녀의 눈이 보이지 않았다. 아무래도 수영은 안 될 것 같았다.

애영이 엉성하게 교복을 껴입고 로비로 올라왔다. 진혁이 자리에서 일어나자 구겨진 캔이 바닥에 떨어지면서 요란한 소리가 났다. 코치가 그들을 바라보았다. 애영이 교복 재킷의 깃을 뒤집으면서 코치에게 까딱 인사를 하고는 진혁의 손을 끌고 밖으로 나왔다. 락스 냄새가 났다. 애영은 젖은 머리끝이 자꾸 입안으로 들어와서 옆머리를 연신 귀 뒤로 넘겼다. 진혁이 손을 빼려는 기색을 보일수록 더 강하게 그의 손을 잡았다. 그의 손이 따뜻한 만큼 제 손이 차갑게 느껴졌다. 풀장의 한기가 아직 손끝에 남아 있었다. 애영은 진혁이 이렇게 둘이 손을 잡고 다니는 걸 누가 볼까봐 전전긍긍하는 게 좋았다. 누구 보란 듯이 깍지 낀 손을 앞뒤로 크게 흔들고 싶었다. 그의 불안이 그녀를 기쁘게 했기에 애영은 그를 가만 내버려두지 못했다. 진혁은 겁이 많았고, 어느 곳에서도 금세 왕따가 될 것처럼 늘 의기소침한 표정을 짓고 있었다. 애영은 그게 좋았다.

그녀의 새끼손가락이 진혁의 바지 앞섶을 긁었다. 그는 미간을 찌푸리고 손을 풀었다. 애영은 진혁을 내버려두었고, 그는 눈을 감고 오늘 본 교실 창밖의 풍경을 떠올렸다. 응달에 심긴 목련은 널어놓은 흰 장갑처럼 맥아리가 없었다. 개중에서도 유독 눈에 밟히는, 벌레를 먹었는지 누렇게 시든 꽃망울이 하나 있었다. 그대로 삭아버릴 줄 알았는데 기어코 싹눈을 찢고 꾸역꾸역 꽃잎을 밀어낸 것이었다. 꼴사나웠다. 자신의 앞섶을 빤히 바라보고 있는, 변화를 기다리는 애영의 시선이 느껴졌다. 싫지 않았다. 그녀가 다시 그의 손을 잡았다. 멀지 않은 곳에 횡단보도가 있었지만 그녀는 왼편을 쓱 보더니 눈감은 그의 손을 쥐고 곧장 길을 건넜다. 클랙슨 소리가 제법 가까이서 들려왔지만 진혁은 눈을 뜨지 않았다. 건너편에 도착한 애영이 팔꿈치로 그의 옆구리를 푹 찌르며 말했다. 야, 실눈뜨지 마. 진혁이 코를 찡긋거렸다.

　눈을 뜨지 않아도 여기가 어디인지 알 수 있었다. 물론 눈을 뜨면 확실하겠지만 굳이 그러고 싶지 않았다. 둘은 날마다 번갈아가며 눈을 감았다. 오늘은 진혁의 차례였다. 안내는 곧 지시가 된다. 앞에 계단 있어. 한 걸음만 더. 발을 좀더 높이 들어. 그래. 처음엔 거의 눈을 뜰 뻔도 했었다. 둘 다 그랬다. 하지만 둘 다 한 번도 그러지는 않았다. 목적지는 늘 같았지만 그래도 늘 새로웠다. 매번 같은 곳을 매번 다른 경로로 찾아가는 게 즐거웠다. 아무리 길을 배배 꼬아 가도 머릿속엔 지금 여기의 풍경이 훤히 떠올랐다. 그래서 눈을 뜨라고 말하지 않아도 알아서 눈을 떴다. 처음에 보이는 건 언제나 '공사중'이란 팻말이었다. 그 위로 둘이 동시에 침을 뱉었다. 구라 치네. 애영이 진혁을 돌아보았다. 그가 머쓱하게 입술을 깨물고 말했다. 뭐. 애영이 물었다. 너 사인펜 있어? 진혁이 책가방을 뒤져 검정색 네임펜을 꺼냈다. 넌 이런 것도 없냐. 애영이 말없이 쪼그리고 앉아 팻말 위에 '지' 한 글자를 덧붙였다. 자, 이제 구라 아니지? 진혁이 고개를 갸웃거렸다. 진짜 공사중지 맞아?

*

젖은 수영복과 수영모, 물안경과 핑크색 스프레이, 라이터와 말보로 레드 한 갑이 애영의 책가방에 든 전부였다. 그녀는 스프레이를 꺼내서 공사장 가림막에 열한번째 선을 짧게 긋고는 건물 안으로 들어갔다. 바닥에는 찢어진 현수막 쪼가리가 널려 있었다. 공사를 재개하라! 어떤 이해관계가 어떻게 틀어진 건지는 몰라도 애영은 부디 그렇게 되지 않길 바랐다. 건물 안은 서늘하고 어두워서 바깥보다 서너 시간이 먼저 지나가 있는 듯했다. 교복 안의 땀이 차갑게 느껴졌다. 애영이 재채기를 하자 텅 빈 공간이 빠르게 그 소리를 위층으로 올려보냈다. 그녀는 담배에 불을 붙이고는 멈춰 있는 에스컬레이터 쪽으로 걸어갔다. 계단을 오르는 것보다 괜스레 더 힘이 들었다. 애영이 진혁에게 담배를 건넸다. 그는 양손으로 가방끈을 한번 추기고는 손을 내밀었다. 층계참 밑으로 로비가 훤히 보였다. 애영은 공사가 멈춰진 바닥 끝자락으로 걸어갔다. 이십 미터쯤 될까. 발밑에 철근 가닥이 일정한 간격으로 비죽비죽 튀어나와 있었다. 그녀는 나란히 쌓인 철근 더미 위에 가방을 내려놓고는 흙먼지가 묻지 않게 조심스레 치마를 벗어 그 위에 올려놓았다. 그러곤 쪼그려앉았더니 양팔을 벌려 한 손에 하나씩 철근의 튀어나온 부분을 잡고 바깥으로 몸을 떨어뜨렸다. 그렇게 목젖처럼 매달려 로비의 텅 빈 공간을 멍하니 바라보았다. 진혁은 철근에 감긴 그녀의 빨간 손가락을 지켜보면서 조심스럽게 그쪽으로 다가갔다. 그녀가 아래로 떨어질까봐 겁이 났지만 오늘도 막을 방도는 없었다. 혼자 올라오지도 못할 거면서. 애영이 소리를 질렀다. 아! 진혁은 이제 놀라지도 않았다. 그게 환호라는 걸 모르지 않는 탓이었다. 개켜진 치마 아래 철근 더미가 흰 종이로 말아놓은 소면 묶음 같았다.

애영은 먼지 낀 공중을 긋는 선명한 빛줄기들을 찬찬히 바라보았다. 그 선들은 서로 교차하다가 로비 바닥에 밝은 점으로 맺혔다. 차곡차곡 쌓여 있는 시멘트 포대와 모래 더미와 거기에 꽂혀 희미하게 빛을 반사하는 삽 따위를 건너보았다. 조금씩 팔에 힘이 빠져갔다. 발밑의 풍경이 어쩐지 미니어처 같아 보였다. 찢어진 청바지처럼 일부러 그렇게 꾸민 폐허 같았다. 진혁을 불렀다. 그렇지 않아도 그는 이미 잔뜩 긴장한 얼굴로 바닥에 엎드려 있었다. 애영이 온몸에 힘을 주고 발끝을 위로 최대한 끌어올렸다. 진혁이 그녀의 발목을 낚아챘고, 애영은 턱걸이하듯 있는 힘껏 팔을 굽혀 머리를 위로 들어올렸다. 둘은 자연스럽게 시멘트 바닥에 무릎을 꿇었다. 콘크리트 창 속으로 네모난 하늘이 풀장처럼 넘실거렸다.

진혁이 부르는 소리에 애영은 고개를 돌렸다. 그는 교복 앞자락에 묻은 모래를 털고 있었다. 부모에겐 오늘도 축구를 했다고 구라를 치겠지. 쟤는 참 손쉽다. 그녀는 바닥을 짚고 일어선 다음 무릎에 박힌 굵은 모래알 하나를 떼어 발밑으로 던졌다. 그게 로비

바닥에 떨어지는 소리가 용케도 들렸다. 이제 갈까? 애영이 한쪽 팔에 치마를 얹고 반대쪽 어깨에 가방을 걸치며 말했다. 진혁은 별 대꾸를 하지 않았다. 그녀는 담배 한 대에 새로 불을 붙였다. 그리고 문도 달리지 않은 비상구로 걸어들어갔다. 피서가 따로 없었다.

*

본 적 없던 커다란 구멍이 오층 중앙에 뚫려 있었다. 또 철근 도둑이 다녀갔는지도 모른다. 그들은 드릴로 바닥을 깨서 수도 파이프와 통신 케이블, 구리 전선 따위를 끄집어냈다. 며칠에 걸쳐 조금씩 작업을 진행했다. 날이 밝기 전에 일을 마쳐야 하니 한꺼번에 다 할 수는 없는 모양이었다. 그것들을 팔아넘기는 게 그다지 어려운 일은 아닐 듯싶었다. 자재가 필요한 곳은 전국에 널려 있을 테니. 둘은 처음엔 그들을 공사장 인부라고 생각했었다. 공사를 재개하는 건가. 하지만 작업이 진행될수록 건물은 다듬어지는 게 아니라 부서져갔다. 때문에 그들을 도둑이라고 추론하는 건 그다지 어려운 일이 아니었다. 둘은 그렇게 한바탕 쇠붙이 털이를 끝낸 이들이 일방통행로를 따라 서둘러 동네를 빠져나가는 꼴을 창틀에 고개를 걸치고 구경했다. 텅 빈 도로를 달려가는 헤드라이트 한 쌍이 꼭 채집통에서 탈출한 벌레 같았다. 트럭이 시야를 벗어났을 때 애영이 말했다. 쟤네 뿌리는 거 맞지? 진혁이 입을 다문 채 응, 이라고 대답했다. 이렇게 내버려두는 것보단 낫지 않냐? 내버려두면 녹슬기만 하지. 그가 또다시 응, 소리를 냈다.

"우리도 끼워달라고 할까?"

"응?"

"됐어."

애영은 불 꺼진 빌딩의 무리를 바라보면서 저것들을 종이 박스 펼치듯 한 면 한 면 뜯어서 착착 접은 뒤 폐지 묶음처럼 차곡차곡 쌓으면 어떨까 생각했다. 그렇게 시멘트 벽을 말끔히 재활용하면 다시 몇 개의 마을을 만들 수 있을까. 이제 둘 말고는 없었다. 애영은 고개를 돌리고 윤곽이 흐려진 어두운 실내를 꼼꼼히 들여다보았다. 이십층 빌딩이 폐장한 모델 하우스처럼 적막했다. 혹시 지금 이 건물 다른 층에서 우리와 같이 저만의 일을 꾸미고 있는 이들이 더 있진 않을까. 진혁이 집에서 챙겨온 회색 담요를 바닥에 깔았다. 애영은 치마를 뒤져 콘돔을 꺼냈다. 엄마의 화장대 서랍 속에서 몇 달 동안 유통기한만 채우던 것이었다. 콘돔에는 왜 유통기한이 있는 걸까. 모를 일이었다. 베네통이네. 진혁이 말했다. 이런 것도 만드는구나.

오늘이 두번째 시도였다. 지난번은 둘의 생각처럼 되지 않았다. 정확히 말하자면 진혁이 콘돔을 끼자마자 사정을 했다. 난감해하는 진혁에게 애영은 야동이라도 좀 보고 오지 그랬냐며 핀잔을 줬

는데, 그는 안 그래도 그랬다며 항변하듯 대꾸했다. 그 말에 기분
이 상한 그녀는 아빠가 집에 없는 줄 알면서도 그대로 집으로 돌
아갔다. 시간이 아까웠다. 엄마는 저걸 대체 왜 사다둔 걸까. 집이
라고 해봤자 이곳과 다를 바 없었다. 있을 건 다 있는데 아무도 아
무것도 하지 않았다. 우리는 대체 어떤 이해관계가 어떻게 틀어진
걸까. 이제는 더 알고 싶지도 않았다. 아빠의 사업이 잘 풀리면서
부터 그렇게 된 것만은 확실했지만 그게 이유라고 할 순 없었다.
저 모르게 분명 무슨 일이 벌어지고 있었다. 아빠가 수입해온다는
외래종 화훼는 어떤 꽃을 피울까. 본 적이 드물었다. 그가 집에 들
어오는 날도 점점 줄어갔다. 부케용 튤립 구근이 인기를 끌면서
부터는 네덜란드에 있는 날이 더 많았다. 엄마는 아빠가 집에 오
면 방에서 나오지 않았다. 뭐가 어떻게 돌아가는지 모르겠는데 물
어볼 사람이 없었다. 그즈음 아빠는 애영에게 신용카드를 주었다.
알아서 살라는 건가. 그는 열시 전에 집에 들어오지 않으면 카드
를 끊겠다고 할 뿐이었다. 사용 내역을 보긴 하는지. 그걸로 애영
이 가장 먼저 산 건 수영장 회원권이었다. 수영복을 입고 싶었다.
옷을 벗고 싶었다. 늘 더웠다. 그건 오늘도 마찬가지였다.

"오늘도 야동 봤어?"

"안 봤어. 나 원래 그런 거 안 봐."

"구라 치지 마. 엄마 아빠한테 들킬까봐 못 보는 거겠지. 오늘
은 집에 언제까지 가야 돼?"

"오늘은 늦어도 돼. 엄마 아빠 집에 없어. 큰집이랑 같이 휴가 갔어."

"야, 씨발 그러면 너네 집으로 가도 됐잖아. 여긴 왜 왔어."

"네가 여기 좋아하잖아."

"너 솔직히 내가 너네 집 갔다가 나중에 뭐라도 나올까봐 쫄아서 그렇지? 머리카락이나 뭐 그런 거."

"야, 씨발 그런 거 아냐. 그럼 지금 가든가."

"너 방금 씨발이랬어?"

"아니, 너도 방금 했잖아."

"됐어. 너랑 나랑 같냐?"

"뭐가 다른데."

"네가 한 씨발이랑 내가 한 씨발이랑 다르잖아. 아냐?"

"그래, 알았어."

"아, 진짜."

"앞으론 안 할게."

"너 진짜 하지 마. 어? 진짜."

"안 한다니까. 그러니까 너도 하지 마."

"알았어. 해보자."

*

공사장에 처음 보는 사람들이 왔다 갔다. 애영은 스프레이를 다시 가방에 넣었다. '예술 스콰 오아시스 프로젝트'라고 쓴 포스터가 빗금 있던 자리를 덮고 있었다. 진혁이 시멘트 포대 위에 가지런히 놓인 유인물 한 장을 애영에게 건네주었다.

"지상 이십층, 지하 오층의 꿈의 예술 공간. 예술인회관 1차 임대, 분양 안내. 선착순 삼백 명 신청 접수. 시민에게 문화를, 예술가에게 작업실을. 분양의 변. 예술인회관이 방치된 지 어언 오 년, 목동 예술인회관은 정부와 예총의 실책과 비리로 다 말아먹었습니다."

둘은 처음으로 그 건물에 붙은 이름이 예술인회관이라는 것을 알았다. 조금 더 이어진 분양의 변 아래로 건물의 공간 배치도와 방 번호가 정리되어 있었고, 종이 뒷면에는 '예술가 독립선언서'란 제목의 글이 실려 있었는데, 죄 이해하기 어려운 말들이어서 곧장 맨 끝으로 눈을 옮겼다.

"2004년 8월 15일! 오늘은 예술가 스스로의 힘으로 예술인회관에 입주하게 되는 예술가들의 독립기념일임을 선포한다. 오아시스 프로젝트 예술가 일동."

또 바로 그 밑엔, "스콰이란 도시계획의 실패 등으로 방치된 공간을 점거함으로써 사적 소유권에 저항하는 예술운동"이라는 문구가 작은 글 상자 안을 채우고 있었다. 둘에게는 도통 이해가 가지 않는 말들뿐이었다. 하지만 어쨌거나 적어도 삼백 명 정도의 사람들이 여기에 몰려들 거란 짐작은 충분히 할 수 있었다. 이제 여기 못 오겠네. 진혁이 볼멘소리로 말했다. 애영이 그를 흘겨봤다.

"왜, 너네 집으로 가면 되잖아."

"그게 맘대로 되냐."

"부럽네."

"뭐가."

"우리는 여기 몰래 들어온 건데 이 사람들은 당당하잖아. 이런 유인물도 만들고."

"그냥 불법인 거 아냐? 되게 뻔뻔한 사람들이네."

"내버려두는 것보단 낫지. 됐다. 너 그냥 섹스할 데가 없어져서 그러는 거잖아."

"이제 좀 잘할 수 있을 것 같았는데."

"어차피 더 못해."

"왜, 우리집 빌 때 있어. 가끔."

"나 생리 안 해. 뭔 얘긴지 알지? 네가 잘하긴 뭘 잘해."

다음번에 공사장에 갔을 땐 삼백 명까지는 아니었지만 둘이 그 건물을 본 이래 가장 많은 사람들이 정문에 몰려 있었다. 건물 외벽에는 알록달록한 현수막이 걸려 있었고, 한쪽에서는 북을 치고 한쪽에서는 경찰과 몸싸움을 하고 또 한쪽에서는 셔츠 단추를 목까지 잠근 중년의 남자와 말싸움을 하는 여러 무리의 사람들이 보였다. 어쩐지 그들 모두가 신이 나 있는 것 같았다. 이 모든 소란을 예상하고 심지어는 계획한 듯 보였다. 애초부터 저러려고 그랬던 것만 같았다. 애영은 저들 사이에 끼고 싶었다. 끼어들고 싶었다. 진혁이 연신 땅을 찼다. 애영의 머리에서 풀장의 락스 냄새가 났다. 덥고 습했다. 그녀가 진혁에게 말했다. 오늘 아빠가 오니까, 오늘이야. 그가 발동작에 맞춰 고개를 끄덕였다. 너네 집은 그다음이야. 진혁이 하던 짓을 멈추고 몸을 곧추세웠다.

둘은 아파트 주변을 서성이다 애영의 아빠가 차에서 내리자 멀찍이서 그를 뒤따라갔다. 엘리베이터가 그녀의 집이 있는 층에서 멈췄고, 애영이 다시 버튼을 누르자 중간에 서지 않고 곧바로 일층으로 내려왔다. 애영은 현관문 비밀번호를 연이어 잘못 눌렀다. 문은 안에서 열렸다. 그녀는 아빠에게 꾸벅 인사를 하는 진혁을 끌고 곧장 안방으로 갔다. 엄마는 침대에 사선으로 누워 있었다. 애영이 그녀에게 다가가 팔을 잡아끌었다. 엄마는 잠시 저항했지만 이내 고개를 돌려 둘을 봤다. 진혁이 방금 전과 같이 인사를 했다. 아빠는 그 와중에도 안방 근처에는 오지 않았다. 애영이 말했다. 할말 있어, 나와봐.

아빠는 소파에 앉아 있었다. 화를 내려는 건지 풀이 죽은 건지 모를 표정이었다. 애영은 왠지 더 할말이 없는 것만 같았다. 둘은 거실 한편에 어정쩡하게 서 있을 따름이었다. 애영이 더는 참지 못하고 다시 안방으로 가는데, 그 기척을 느꼈는지 엄마가 나왔다. 그때 아빠가 엄마에게 눈길을 줬었는지, 애영은 기억나지 않았다. 그 순간을 회상할 때마다 그게 궁금했다. 하지만 떠오르는 건 그저 자신에게 시선을 단단히 고정하고 있던 엄마의 두 눈뿐이었다. 엄마가 식탁의자를 끌어다 앉았다. 애영은 어딜 보고 얘길 해야 할지 잠시 망설였다. 입을 연 건 엄마였다.

"그래, 콘돔을 쓴 게 너였구나."

등뒤로 아빠의 기척이 느껴졌지만 아무 말도 들리지 않았다. 아빠는 엄마의 말에 놀란 걸까 아니면 목소리에 반응한 걸까. 조용한 건 진혁도 마찬가지였다. 애영은 준비해온 말을 다시 떠올려보려 했고, 드문드문 생각이 나기도 했지만 개중에 지금 할 수 있는 말은 하나도 없었다. 한참 뒤에 엄마가 다시 말을 이었다.

"당신, 다음에 출장 갈 때 우리도 데려가."

애영이 고갤 들어 엄마를 봤다. 그녀는 자신이 언제부터 고개를 숙이고 있었는지 알 수 없었다. 저도 모르게 진혁을 따라 하고 있었는지도 모른다. 애영은 아빠에게로 눈을 돌렸다. 엄마가 그를 보고 있는 게 낯설었다.

"거기에 미리 집이나 구해놔줘. 이미 살고 있는 집이 있으면 비워주고."

"당신, 지금 그게 무슨 소리야?"

"우리는 거기서 살 테니까, 돌아갈 땐 혼자 가. 누굴 데려가도 상관없고."

"뭐? 지금 뭐하자는 거야?"

"어쨌거나 여기서 이러고 있는 것보단 낫겠지, 우리 모두. 그러니까 당신이 그 정도는 해."

애영은 다시 엄마를 봤다. 그리고 엄마의 말을, 그녀의 목소리를 이렇게 길게 들어본 게 언제였는지 떠올려보았다. 떠오르는 기억들 모두가 하나같이 미덥지 않았다. 이제는 그저 엄마가 말하는 것을 듣고만 싶었다. 엄마가 어떤 말이든 끊임없이, 끝없이 했으면 싶었다. 이 상황이 끝나지 않길 바랐다. 엄마의 입만 바라보았다.

"너는 어떻게 할래? 너도 같이 갈 수 있어?"

엄마가 진혁을 바라봤다. 그는 몇 차례 입을 열 듯하다가 다시 입술을 물었다. 네, 아니오도 말하지 못하면서 그 어려운 책들은 대체 어떻게 읽었는지 도무지 알 수 없었다. 당최 왜, 뭣하러. 그런 복잡한 것들은 어쩌면 이처럼 단순한 데에는 아무런 쓸모가 없는 건지도 모른다.

"아니면, 이제 그만 가렴. 시간이 많이 늦었다."

"엄마, 애가 그걸 당장 어떻게 결정해."

"너는 지금 바로 정했잖아. 아니니? 애는 왜 못하는데."

누구도 진혁의 얼굴을 보지 않았다. 뒷모습도. 그러려고 애를 쓴 것도 아니었다. 현관문이 닫히는 소리가 들렸다. 아빠는 자신의 비행기 좌석을 외따로 떨어진 쪽에 잡았다. 밤 비행기를 타고 열한 시간이 걸려 도착한 암스테르담은 아침이었다. 비행중에 잠이 들어선지 애써 시차 적응을 하지 않아도 될 듯했다. 씨발 새끼. 엄마가 캐리어를 세우고 애영을 돌아봤다. 이제 욕하지 마. 아기한테 안 좋아. 너한테도.

좌표

    너무 열심히 하는 거 아니냐는 말에 혜서는 씽긋 웃을 뿐이었다. 휴가 전날 퇴근 인사를 하러 부장에게 갔을 때, 그는 그 말과 함께 그녀의 옆구리에 끼어 있는 업무용 노트북을 가리켰다. 그래, 그렇게 열심히 하니까 프로그램이 잘되는 거지. 잘 다녀와. 혜서는 그의 얼굴을 보는 듯이 그의 머리 뒤로 나 있는 통창을 바라보았다. 이제는 그게 없었다. 다시 볼 수 있을까. 어쩌면. 까치 한 쌍이 그 통창의 펜스 위에 둥지를 틀었을 때, 사무실 사람들은 장난스레 그것이 행운의 징조일지 모른다고 말했다. 이번 청취율 조사 결과가 좋을 거라는 말을 곁들이면서 말이다. 개중 농이 심한 이는 부장이 자리에서 일어날 때마다 그 둥지가 마치 그에게 씌워진 가시면류관처럼 보인다고 말하기도 했다. 부장은 그런 말들을 다 좋다고 받아주는 인물이었다. 그는 까치가 나뭇가지를 모아

오기 시작하자, 총무팀에 가서 외벽 청소시에 그 둥지를 털지 말아달라고 당부하기까지 했다. 까치가 알을 낳고 새끼가 제 힘으로 날 수 있을 때까지만이라도 저대로 놔두어달라고 부탁했다. 누군가는 그가 정말로 그걸 행운의 징조로 여긴다며 놀리기도 했지만, 정작 청취율 조사 결과는 평소와 별반 다를 바 없었다. 진혁이 사표를 냈을 따름이었다.

부장의 그런 선량함은 혜서에게 대체로 손해만 끼쳤다. 그녀가 경력직으로 회사에 들어왔을 때, 진혁은 그녀와 같은 연차였다. 처음부터 그와 같은 몫을 바란 것은 아니었다. 하지만 경력은 복리처럼 붙어서 애초에 원금이 다르면 도달할 수 있는 지점도 달랐다. 혜서에게 실적을 낼 만한 기회는 좀체 주어지지 않았다. 그녀에게 주어지는 프로그램들은 본디 그럴 수 있는 게 못 됐다. 그럼에도 그걸 탓할 수 없었다. 개편 때마다 프로그램 배정을 위한 개인면담에서 부장은 늘 같은 말을 꺼냈다. 피디라는 것들이 죄다 자기가 하고 싶은 걸 하겠다고 하면, 프로그램 수는 정해져 있는데 이걸 내가 어떻게 다 조율하니. 그 하소연은 그가 처음부터 혜서를 그녀가 지망한 프로그램의 피디로 고려하지 않았다는 뜻이기도 했다. 그녀는 몇 차례의 개편을 거치며 이를 깨달았다. 한번은 같은 말을 반복하는 그에게 꼭 이걸 해보고 싶다고, 잘할 수 있다고, 매번 지망 프로그램을 적어내기만 하면 뭐하냐고 하소연을 해보기도 했지만, 돌아온 건 지금 네가 하는 거나 잘하라는 짜증 섞인 면박뿐이었다. 그는 이해해줘야 할 사람이 그녀 말고도 많았다.

라디오 프로그램에 있어 방송 시간이라는 건 상권과 다름없어서 목이 좋은 자리를 맡고 있는 피디가 제 프로그램을 내주는 경우는 드물었다. 결국 혜서가 맡게 되는 프로그램은 대개 외곽 시간대라고 부르는 한산한 자리에 편성된 것들이었다. 그저 스물네 시간 빈틈없이 주파수를 채우는 게 그 방송의 실질적인 목적이자 기획의도라고 해도 달리 할말이 없을 터였다. 공실을 만들지 않으려는 건물주의 노력과 같달까. 부장은 면담을 마치면서 아무리 시간대가 나빠도 프로그램이 좋기만 하다면 사람들이 찾아 듣는다고 그녀를 어르곤 했지만 그럴 리 없다는 걸 누구도 모르지 않았다. 아무리 프로그램이 좋아도 새벽 세시에 알람을 맞춰두고 방송을 기다리는 청취자를 기대하기는 어려웠다. 설령 그런 이가 있다 하더라도 그 미미한 반응은 부장에겐 혜서의 지망만큼이나 고려의 대상이 아니었다. 하지만 혜서로서는 그 한줌의 청취자마저 없다면 이 전파 낭비를 도무지 지속할 수 없을 것 같았다. 날이 밝을 때까지 잠이 오지 않았고, 혜서는 방송중에 문자 메시지로 온 몇 안 되는 사연과 신청곡을 재차 뜯어보곤 했다. 매번 같은 사람들. 응급실 당직을 서는 간호사나 물류창고를 나서는 화물 기사나 도심을 파고드는 환경미화원들의 이야기. 그 이야기는 그들의 노동이 좀처럼 눈에 띄지 않듯 그렇게 낮을 사는 사람들이 잠든 시간

속을 헤맸다. 혜서는 그들을 탓할 수 없었다. 다른 프로그램을 원하는 마음이 그들의 이야기를 외면하고 싶은 속내인 것만 같아서 그랬다. 그런 번잡한 마음을 나눈 게 민주였다.

엄마가 피디님 선곡 좋대요. 민주는 어머니 얘길 자주 했다. 어제 소개한 사연이 좋았다고 했다거나 진행자의 목소리를 칭찬했다고도 했지만, 원고가 좋았다고 했다는 말을 들은 적이 있는지는 알 수 없었다. 민주는 내가 듣기 좋은 말을 어떻게 알고 있는 걸까. 혜서는 민주가 어머니 얘길 전할 때마다 그녀를 칭찬해주었다. 미안했다. 프로그램의 작가 급여는 최저임금에 맞춰 책정되어 있었지만, 걸어 다닐 수 있는 거리에 살지 않는 이상 직접 차를 몰거나 택시를 타고 출근해야 하는 시간대인 터라 실상 그마저도 못 되는 것이나 마찬가지였다. 때문에 처음 방송국 일을 시작하는 새내기 작가들조차도 다른 자리가 날 때까지만 잠시 머물다 갈 뿐 자리를 잡지는 못했다. 오래 있을 곳이 못 됐다. 혜서는 누구도 잡지 않았다. 대신 작가 면접을 보는 데 익숙해졌다. 첫 질문은 언제나 같았다. 출근은 어떻게 할 거예요? 그리고 민주는 어머니가 출근길 중간에 자신을 내려주면 된다는 말로 혜서를 기쁘게 했다.

민주는 그 시간에 깨어 있는 게 익숙하다고도 했다. 혜서는 조용히 현관문을 나서는 어머니를 뒤에서 슬그머니 껴안는 그녀를 상상했다. 다시 누워도 다시 잠들지 못하는 아이를, 한참을 뒤척이다 어머니가 출근길에 듣는 라디오를 침대맡에다 작은 소리로 틀어놓는 딸을. 방송이 끝나고 동이 트면 둘은 새벽 식사가 되는 백반집이나 이십사시 감자탕집에서 밥을 먹었다. 가끔은 소주 한 병을 나눠 마시기도 했다. 술기운은 남들이 출근할 시간이면 거의 가셨다. 하지만 출장을 가야 하는 날이면 한 병을 더 시켜서 반쯤 취해버리기도 했다. 어차피 누구와 마주칠 일도 없었다. 렌터카 기사는 이런 일에 익숙한지 아침부터 술냄새가 나도 별말이 없었다. 기사님, 잘 부탁드려요. 그 한마디를 겨우 하고는 둘은 서로의 몸에 기대어 잠들어버리곤 했다.

목적지가 어디든 늘 톨게이트 앞에서 잠이 깼다. 알람이 울리기 직전에 눈을 뜨는 것과 비슷한 이치인지도 몰랐다. 차가 서는 곳은 대개 재래시장 입구나 하천변 공터였다. 라디오 광고 시장은 날로 규모가 줄어갔고, 그만큼 지자체나 각종 특산물 협동조합의 협찬을 받는 공개방송이 늘어갔다. 프로그램의 구성은 주최측이 어디건 거의 같았다. 단체장을 단상 위로 올려서 몇 마디 자기 자랑을 하게 한 다음, 협찬금 단가에 맞춰 섭외한 가수를 차례로 무대에 올려보내는 게 전부였다. 그 이상을 바라지 않았고, 그 이하는 할 수가 없었다. 그리고 혜서가 점차 이 일을 전담하게 되었다. 그녀의 프로그램에 광고를 넣는 광고주는 아무도 없었고, 낮시간 프로그램을 맡는 피디들은 그런 면에서 할말이 있었다. 누가 봐도 그녀가 적임자였다. 모든 이해관계가 잘 맞아떨어졌다. 그리고 그렇게 그 횟수가 늘어갈수록 혜서는 예정에 없던 경력직 채용을 왜 그리 서둘렀었는지 점점 더 또렷이 이해하게 되었다. 그날도 그녀는 어느 지역축제의 분위기를 적당히 띄워놓고선 오후 늦게 회사로 돌아왔고, 무엇보다 그런 확신에 지쳐 있었다. 그런 채로 결과 보고를 하기 위해 사무실에 들어서는데 분위기가 이상했다.

좋은 소식이었다. 그녀에게는 그랬다. 계속 그러길 바랐다. 민주는 아무것도 못 들은 양 평소처럼 다음날 방송에 쓰일 원고를 정리하고 있을 따름이었다. 혜서는 그녀를 비어 있는 녹음 스튜디오로 데려갔다. 그리고 그 프로그램에 같이 가자고 말했다. 처음에는 꼭 데려가겠다고 말하려다가 그러면 안 될 것 같아서 그렇게 말했다. 민주는 다른 말을 했다. 피디님, 그럼 우리 프로그램은 어떻게 되는 거예요? 혜서는 민주에게 부장의 말을 그대로 전하면서 자신이 거기에 조금도 반하지 않았다는 사실을 뒤늦게 깨달았다. 멘트 없이 가요 차트에 있는 노래를 순서대로 틀 거래. 저와 아무 상관 없는 얘길 하듯 그렇게, 그렇다더라고 말하는 수밖에 없었다. 민주가 저를 꼭 데려가달라고 말했다. 그 프로그램 너무 재미있어요. 다른 작가들도 다 하고 싶어해요. 혜서는 그 프로그램이 그녀의 어머니가 잠깐 눈을 붙인다는 바로 그 시각에 편성되어 있단 사실을 또 뒤미처 떠올렸다. 진혁이 스튜디오의 방음창을 두드렸다.

정말 그를 만나게 될까. 꼭 그래야 할까. 그는 뭘 알고 있을까. 그가 아는 것을 알게 된다고 해서 달라지는 게 뭘까. 진혁에 관한 기억은 그다지 많지 않았다. 유머러스한 편이었고 선배들이 그를 퍽 아꼈던 것 같았다. 어려운 일을 마다하는 경우가 없었고, 거기서 일정한 성과를 만들어내길 어려워하지 않는 듯 보였다. 그게 썩 맘에 들지 않았다. 내심 혜서는 그가 뭐든 마다하길 바랐었다. 그랬던 마음이 떠오르니 생각나는 게 있었다. 긴 머리를 단발로 자르고 온 날이었다. 보는 사람마다 잘 어울린단 칭찬에서부터 심경의 변화를 묻는 질문까지 이런저런 말을 하는데, 바로 등을 마주하고 앉은 진혁은 아무런 말이 없었다. 그 무관심이 유별나게 여겨져서 어지간히 남한테 관심이 없는 사람이라고 생각했었던 게 기억났다. 만약 거기서 그가 먼저 자신을 발견한다면, 어쩌면 그냥 모르는 체 자리를 피할지도 모르겠단 생각이 들었다. 공항 검색대 위에 노트북을 따로 꺼내놓는데 이게 다 공연한 짓 같았다. 업무용 노트북의 무게는 만만치 않았고, 이걸 휴가 내내 들고 다닐 생각을 하니 난감했다. 노트북을 다시 캐리어에 집어넣고 혜서는 곧장 면세 구역의 수입화장품 매장으로 가서 민주에게 줄 마스카라와 아이라이너를 샀다.

*

기내식 냄새가 가시기도 전에 뒷좌석 승객이 컵라면을 시켜 먹었고 이내 옆에 앉은 이가 그를 따라 했다. 객실조명을 어둡게 해두었지만 잠을 자지는 못할 것 같았다. 창문 덮개를 여니 밤하늘이 보였다. 좌석 스크린의 내비게이터가 몽골 상공을 가리켰지만 땅은 보이지 않았다. 오리온자리가 어깨 높이로 떠 있었다. 한참을 날아도 그의 사정거리로부터 벗어나질 못했다. 혜서는 달을 따돌리려 전속력으로 달리는 꼬마 아이가 된 심정이었다. 그게 한번 눈에 들어오니 그 일곱 개의 별들을 따로 떼어놓을 수 없었다. 누가 처음 별과 별을 이을 생각을 했을까. 누구라도 그랬을 것 같다. 전혀 다른 공간에 있는, 아무 관계 없는 별들을 그저 여기서 보기에 서로 가까이 있단 이유만으로 그렇게 잇고 닮은꼴을 찾아 이름을 붙이고. 즐거운 일이다. 나라도 그랬을 것이다. 여기서 보이는 별들은 모두 이름이 붙은 지 오래다. 그들 간에 이을 수 있는 선들 또한 이미 모두 그어졌다. 아쉬운 일이다. 어쩌면 누군가에겐 그 아쉬움이 새로운 별을 찾아 헤매게 하는 동력일지 모른다. 마침내 그로부터 벗어났다. 그가 해를 피한 건지도 모른다.

스히폴공항에는 비가 내리고 있었다. 혜서는 우버가 도착할 때까지 길가에 캐리어를 세워두고 그 위에 앉아 담배를 피웠다. 스마트폰 화면의 지도 위로 예약한 차량이 다가오는 모습이 그려졌다. 담배 한 대를 피우는 동안에도 상반된 생각이 교차한다. 가령 한 대 더 피울까, 말까. 어떻게 하든 후회가 뒤따른다. 피우지 말걸, 피울걸. 두번째 담배가 반쯤 탔을 때 차가 왔다. 기사는 트렁크에 짐을 실으며 왜 호텔로 가냐고 물었다. 네? 암스테르담에 사는 거 아니에요? 어떻게 알았죠? 외지인들은 비가 오면 우산을 쓰고 있거나 아예 육교 밑에서 기다리거든요. 말이 되네요. 렌트 계약일이 내일부터예요. 거짓말이 잘도 나왔다. 요즘 집 구하기가 정말 어렵죠? 네, 미친 거 같아요. 어느 지역에 살아요? 보스 엔 로머르 쪽이요. 아, 우리 어머니가 거기 사세요. 나이드시니까 자꾸 모스크 근처에 살고 싶어하셔서 얼마 전에 그 동네로 이사를 했어요. 잘했네요. 그러고 보니 지금 라마단 기간이 아닌가요? 맞아요. 그래서 잠도 안 자고 이 시간에 돌아다니는 거예요. 새벽에 먹으면 소화가 잘 안 돼서. 혜서는 시간을 확인했다. 체크인 시각이 될 때까진 로커룸에 짐을 맡기고 어딘가에서 시간을 때워야 할 터였다.

예상과 달리 리셉셔니스트는 방이 비어 있다며 바로 입실해도 좋다고 말했다. 방에 들어가자마자 졸음이 밀려왔다. 혜서는 따뜻한 물로 샤워를 하고 그대로 침대에 누웠다. 맨살에 닿는 시트의 질감이 거칠었다. 자위를 하고 싶은 마음이 낮게 일었다가 잦아들었다. 그녀는 몸을 동그랗게 말고선 그대로 잠들기로 했다. 껍질 속에서 쪼그라든 호두알과 같이 제 몸이 그 얇은 천으로부터 조금씩 떨어져 있는 기분이었다. 몸을 움직일 때마다 귀지가 구르는 듯 사각이는 소리가 들렸다.

눈을 뜨면서 생리가 시작되었단 걸 알았다. 이래저래 일이 안 풀리는 것 같았다. 막상 그런 것도 아닌데 그런 기분이 들었다. 허리가 아팠다. 돌아가는 날에야 끝날 것이다. 주기는 불규칙한데 지속되는 시일은 일정하니 더 속이 상했다. 조심스럽게 이불을 걷었다. 그대로였다. 혜서는 엉거주춤 화장실로 걸어가 챙겨온 생리대를 팬티에 붙였다. 아무래도 미리 한 팩을 더 사두는 게 좋겠다고 생각했다. 노트북에 와이파이를 연결하고 맵을 열어보니 삼십분 전에 검색한 내역이 하나 있었다. 모니터 귀퉁이의 시계를 봤다. (토) 오전 11:32. 마음이 급했다. 혜서는 스마트폰에 그 주소를 옮겨 적고 경로를 검색했다. 최단경로는 호텔 바로 앞에서 19번 트램을 타고 십칠 분을 이동한 다음 일 분을 걷는 것이었다. 다음 트램의 도착 예상 시간은 칠 분 후. 혜서는 벗어놓은 옷을 그대로 입고 백팩에 노트북을 넣은 뒤 급히 밖으로 나왔다. 그녀처럼 배낭을 멘 두 사람이 걷는 속도보다 조금 빠르게 뛰어 정류장으로 들어오는 트램을 잡아타려 하고 있었다. 혜서는 고작 저만큼 더 빨라지려고 저토록 부산을 떤다는 게 좀 유난스러워 보였다. 하지만 그들 덕에 별 무리 없이 트램에 올라타고 보니 그들을 그렇게 본 자신이 이내 부끄러워졌다. 그 중년의 히스패닉 여자들은 일행으로 보였지만 사실 그렇다고 할 만한 근거는 없었다. 실제로 둘은 각자 빈자리에 떨어져 앉았다. 내릴 때가 되면 다시 함께일지 모른다. 그러면 조금 더 자신 있게 그렇게 생각할 수 있을까.

날파리 한 마리가 망가진 위성처럼 눈 주변을 어수선하게 맴돌았다. 트램 천장의 형광등은 죽은 날벌레들의 사체로 귀퉁이마다 거뭇했다. 어쩌면 그 건조한 무덤이 실내의 조도에 조금이마나 영향을 주고 있는지도 모른다. 트램이 신호에 붙잡혀 있는 사이 자전거 몇 대가 그 옆을 무심히 지나갔다. 혜서는 얼마 지나지 않아 그들을 따라잡을 거라 예상했지만 그런 일은 없었다. 차창 밖으로 익숙한 풍경이 지나갔다. 뭐가 나올지 알았다. 도로 양옆으로 도열한 건물의 이마에는 노예의 낙인처럼 건립 연도가 새겨져 있었고, 그 숫자는 대개 19세기 말을 가리켰다. 그게 이 거리가 그즈음에 조성되었다는 의미라면, 아무래도 못 미더웠다. 건물을 부수지도, 그렇다고 그대로 쓰지도 못하고 그럭저럭 고쳐가며 살고 있는 셈이니 말이다. 그렇게 외부는 복원하고 내부는 수리하면서 겉과 속이 점차로 달라져가고 있는 것이다. 다시 트램이 섰다. 도개교가 열리고 있었다. 바닥의 요철이 쪼개지면서 다리가 들렸다. 돛을 세운 페리가 지나갔다. 천천히 다시 다리가 놓였고, 위로 꺾인 길 앞에 경주마처럼 대기하고 있던 앰뷸런스와 트램, 자전거 무리가 동시에 앞으로 뛰쳐나갔다. 그 뒤를 보행자들이 느릿하게 따라갔다.

레이체광장에 도착하기까지는 맵이 알려준 것과 거의 같은 시간이 걸렸다. 하지만 트램에서 내리고도 혜서는 한동안 정류장에서 있어야 했다. 트램이 지나가면 자동차가 다가왔고 자동차가 지나가면 자전거들이 몰려왔다. 바로 건너편으로 가기가 쉽지 않았다. 그러던 중 동그란 안경을 쓴 소년이 여러 겹의 샌드위치를 덥석 베어 물듯 인도에서 인도로 성큼 길을 건넜고, 그 순간 모든 게 정지했다. 혜서는 황급히 그를 뒤따랐다. 애플 매장이 바로 그 앞에 있었다. 혜서는 매장 안으로 들어가자마자 노트북을 꺼내 공용 와이파이에 접속한 다음 맵을 열었다. 이곳 말고 새로 검색된 장소는 없었다. 모니터 귀퉁이의 시계가 열두시 정각을 가리켰다. 이제 어떡하지. 혜서는 몸이 절로 움츠러들었다. 그가 자신을 보고 있는 것만 같았다. 하지만 아무래도 그럴 리는 없을 듯했고, 이내 혜서는 매장 안을 둘러보기 시작했다. 그가 어떤 이유에서건 그저 검색만 해본 게 아니라면 여기 어딘가에 있을 수도 있었다. 물론 이미 다녀갔을 수도, 아직 오지 않았을 수도 있다. 카드 단말기를 든 점원들이 몇 차례 그녀에게 다가와 무엇이 필요한지 물었다. 혜서는 그때마다 괜찮다며 고갯짓을 했다. 그러면 그들은 다른 점원에게 가서 알아들을 수 없는 대화를 나눴다. 오래 있을 순 없을 것 같았다. 꼴이 이상하기는 했다. 매장 한구석에 앉아 커다란 노트북을 켜놓고 주변을 주시하고 있는 제 모습이 일반적인 고객 같지는 않을 듯했다. 왜 이 꼴을 당해야 하지. 혜서는 딱 한 시간만 채우기로 했다. 시간이 더디게 갔다. 앞으로도 계속 이래야 하나. 여기까지 와서 이러는 게 맞나. 문득 히스패닉 여인들이 생각났다. 그들이 같이 내렸는지 둘 중 하나만 내렸는지 아니면 둘다 내리지 않았는지 기억나지 않았다. 영영 알 수 없게 된 걸까. 어쩌면 그 둘과 다시 마주치게 될지도 모른다. 혹은 그중 하나만. 그러면 그를 알아볼 수 있을까. 혜서는 매장 밖으로 나왔다. 허리가 아팠다. 광장 맞은편으로 슈퍼마켓이 보였다.

*

 밤 아홉시까지 해가 지지 않았다. 해가 있는데 밤이라고 부를
수 있나. 이곳의 저녁은 사계절에서 가을이 차지하는 미미한 지분
만큼이나 극히 짧은 시간만을 가진 듯했다. 혜서는 홍등가 주변을
맴돌았다. 골목 깊숙이 차이나타운이 있어서 동양인들이 자주 눈
에 띄었다. 관광객과 거주민을 어렵지 않게 구별할 수 있었다. 유
대인을 찾는 게슈타포라도 된 기분이었다. 혜서는 자신이 왜 그러
고 있는지 알 수 없었다. 창에 비친 제 얼굴을 들여다보다 철봉에
매달린, 반쯤 벗은 이와 눈이 마주치기도 했다. 순간 진혁을 보고
도 몰라볼 수 있겠단 생각이 스쳤다. 무심히 지나칠 수도, 지나쳤
을 수도 있을 것이다. 그 역시 나를 보고도 내가 나인지 모를 수도
있다. 그렇게 우리는 서로의 얼굴에서 외지인의 어떤 면모만을 발
견하고 말지 모른다. 그랬을지도 모른다.

*

 민주에게 연락이 없는 걸 보니 별문제가 없는 것 같았다. 하지
만 문제가 있었다 하더라도 연락하진 않았을 것 같았다. 혜서는

방송 시간에 맞춰 인터넷 라디오 앱을 켜볼 생각도 몇 번 했었지만 그러기 위해 일부러 새벽에 일어나고 싶지는 않았다. 아침에 일어나면 이미 방송이 끝나 있었고 따로 연락이 온 것도 없었다. 그렇게 사나흘 관심을 두다 말았다. 집중해야 할 일이 있었다. 한데 웬일인지 맵에 검색 내역이 추가되지 않았다. 혜서의 예상으로는 바로 오늘이었는데 어쩐지 거기로 갈 조짐이 보이지 않았다. 물론 그가 거기로 가는 길을 모를 리 없으니 구태여 찾아보지 않았을 수도 있겠지만, 트램이나 버스의 도착시간을 알아보려는 건지 그는 매번 미리 경로를 검색해두었다. 그런 습관이 있다면 오늘도 그럴 거라 예상했다. 정오가 되자 혜서는 마냥 이렇게 호텔에 죽치고만 있을 수도 없다는 생각에 그가 오늘 갈 거라고 예상했던 곳으로 길을 나섰다.

놀랍게도 또 반갑게도, 그간 수차례 스트리트 뷰에서 봐온 그 낯익은 곰 인형이 그와 같이 신호등 아래 앉아 있었다. 이상한 건 노상에 놓인 그 털 인형이 새것처럼 깨끗하다는 점이었다. 아니, 새것 같은 게 아니라 새것이었다. 방금 비닐 포장을 뜯은 듯 말끔했다. 혜서는 곧장 길 건너편 카페로 향했다. 카페는 에라스뮈스 공원 한편에 딸려 있었는데, 그녀가 당겨서 연 문이 닫히기 전에 동양인 여자 둘이 테이크아웃 잔을 들고 그 틈을 빠져나갔다. 일행이 분명했다. 영어로 대화를 나누는 걸 보니 같은 나라 사람이 아니거나 교포일 듯했다. 일본인? 한국인? 중국인? 아, 홍콩 사람. 그럴지도 모른다. 술냄새가 났다. 혜서는 아메리카노를 시키고 다급히 맵을 열어보았다. 아니나 다를까 그가 삼십 분 전에 저 길 앞을 검색해본 내역이 남아 있었다. 그를 놓친 걸까. 아닐 수도 있다. 그렇다는 확증은 어디에도 없다. 저 곰 인형은 그저 저에게나 낯익을 따름이다. 혜서는 스트리트 뷰를 열어 화면 속 곰 인형과 길 건너편의 그것을 번갈아 보았다. 비가 내리기 시작했다. 곰 인형이 젖어갔다. 그것은 그렇게 화면 속 제 모습을 조금씩 되찾아가는 듯했다.

혜서는 하릴없이 이따금 맵의 새로 고침 버튼을 누르며 시간을 죽였다. 그러다 문득 어제 본 이가 생각나 암스테르담대학 도서관으로 화면을 옮겨서 스트리트 뷰를 열었다. 이제는 꼭 그렇다고 하기도 싫어졌지만, 진혁을 만날 기대로 여기에 왔는데 막상 우연히 마주쳤다고 할 만한 이는 그뿐이었다. 어쨌거나 지금껏 맵으로 이 동네를 들쑤셔온 혜서로서는 퍽 흥미로운 발견이었다. 오류라고 하기보다는 실수라고 하는 편이 알맞을 것이었다. 그녀는 화면에 떠 있는 그 얼굴을 뜯어보며 그에게 이 사실을 말했어야 했는지 잠시 생각해보았다. 아니, 그러지 않은 게 잘한 걸까.

혜서는 어제도 검색 내역을 따라 암스테르담대학 도서관으로 갔고 열람실을 샅샅이 뒤졌지만 그는 여지없이 아무데서도 보이지 않았다. 그녀는 일단 출입구가 보이는 이층 창가에 자리를 잡았다. 또 하루를 허비하고 싶지는 않았기에, 딱 한 시간만 앉았다가 아무 펍에나 들어가 맥주를 마실 생각이었다. 그러곤 내려다보이는 길을 버릇처럼 스트리트 뷰로 찾아보았는데, 여태까지 맵을 뒤진 이래 처음 보는 게 눈에 띄었다. 사람 얼굴이었다. 그는 자전거 택시를 모는 기사였는데 자전거에 달린 차양막 탓이었는지 그의 얼굴 위에 블러 처리가 되어 있지 않았다. 누군가 깜빡한 것이다. 그렇게 얼굴을 지우는 작업이 기계가 아닌 사람의 손으로 이루어진다는 걸, 혜서는 민주를 통해 알게 되었다. 어느 날인가 민주가 노트북으로 어떤 사진을 한참 들여다보고 있길래 뭐하냐고 물었더니 부업을 한다는 거였다. 민주는 플랫폼 마켓이란 사이트에 사진 속 얼굴을 지우는 작업의 구인광고가 간혹 올라오는데, 일이 단순하고 수입도 나쁘지 않아서 인기가 좋다고 했다.

"인형 눈알 붙이는 거랑 거의 같다고 보시면 돼요. 블러 하나에 오원. 근데 만약에 실수로 얼굴을 빠뜨리거나 딴 데 블러 처리를 하거나 그러면 다음에 일을 안 줘요. 초상권 침해로 소송을 당할 수 있다나. 암튼 그냥 시간 때울 겸 가끔 해요."

"나는 이게 사람이 하는 건 줄 처음 알았네. 당연히 컴퓨터가 하는 건 줄 알았지. 그 많은 사람들을 어떻게 하나하나 다 지웠대."

"저도 이거 하기 전엔 몰랐어요. 그런데 기계가 하면 오류가 생겨서 아직은 할 수가 없대요. 무슨 광고판에 있는 사진이나 길바닥에 돌아다니는 전단지나 그런 데에도 사람 얼굴 비슷한 게 있으면 다 블러 처리를 할 테니까요. 근데 정말로 그럼 웃길 텐데. 그죠?"

"그러게, 기계가 정작 기계적인 일은 못하네."

혜서는 자신이 말실수를 했다는 걸 그 즉시 알았다. 민주는 아직 그래서 다행이라며 다시 모니터로 고개를 돌릴 따름이었다. 혜서는 다음에 또 그 구인광고가 뜨면 알려달라는 말로 제 말을 덮어보려 했지만 이미 늦었다는 걸 모르지 않았다. 민주는 사진 속 낯선 이들의 얼굴을 지우면서 무슨 생각을 했을까. 혹시 기억나는 사람이 있을까. 아는 사람을 본 적은 없을까. 그렇게 한 시간이 지났고, 혜서는 도서관을 나오다가 그 사람을 봤다. 아마도 그는 정해진 관광 코스를 순환하는 듯했다. 화면 속 바로 그 위치로 그가 자전거 페달을 밟으며 다가왔다. 지나갔다. 분명 그였다. 혜서는 그 얼굴의 잔상이 잊히기 전에 얼른 스마트폰을 켜서 다시 스트리트 뷰를 열어보았다. 확실했다. 아직 그 자전거 택시가 보였다. 빨리 따라가서 말을 걸어볼까. 이거 당신 아니냐고. 그러면 이 장소의 블러 처리를 맡았던 사람은 어떻게 되는 걸까. 그가 꽃시장 속으로 사라졌다.

*

화면에서 눈을 뗐을 때 맞은편에 앉은 남자가 하품을 하는 게 보였다. 무방비로 벌어진 입 위로 두 눈자위가 보조개처럼 패었다. 이내 그와 눈이 마주쳤다. 혜서는 자신이 무슨 결례라도 저지른 것 같아서 황급히 눈을 돌렸다. 사실 지금 궁금한 건 한 가지뿐이었다. 누가 왜 저기에 곰 인형을 가져다둔 걸까. 그걸 알기엔 너무 늦었는지도 모른다. 내일이 마지막이었다. 그 이튿날에는 돌아가야 한다. 뭐, 그다지 나쁜 여행도 아쉬운 휴가도 아니란 생각이 들었다. 허탕을 치더라도 썩 나쁘지 않았다. 덕분에 구석구석 잘 봤다고 해도 좋을 터였다. 그러고 보니 대마를 안 했네. 진혁의 동선에 커피숍이 없진 않았다. 하지만 그가 거길 들렀는지는 알 수 없었다. 적어도 그곳이 목적지가 된 적은 없었다. 그 앞을 지나칠 때마다 맡았던, 잡초를 태우는 듯한 그 냄새가 떠올랐다. 그가 그랬다면 나도 그랬을까. 모르겠다. 계산을 하기 위해 카운터로 가다가 문득 점원이라면 뭔가 알 수도 있겠단 생각이 들었다.

"저 궁금해서 그런데요, 혹시 저 앞에 곰 인형이 뭔지 아세요?"

"아, 저기 신호등 밑에 있는 거 말예요?"

"네, 아까 오다가 누가 떨어뜨렸나 하고 봤더니 신호등에 묶여 있더라고요."

"음, 여기 살아요?"

"아, 네, 이 근처에 살아요. 보스 엔 로머르 쪽에."

"모르는 걸 보니 온 지 얼마 안 됐나보네요."

"네, 얼마 전에 이사를 와서요."

"작년에 저기서 교통사고가 있었어요. 아이랑 할머니랑. 그 아이 엄마가 이 주마다 한 번씩 인형을 새걸로 바꿔놓고 가요. 동양인 여자인데, 요즘은 친구랑 오더라고요. 그나마 다행이죠. 가끔 같이 커피도 사가고요. 아까도 왔다 갔는데 혹시 봤는지 모르겠네요. 처음엔 혼자만 와서 볼 때마다 마음이 안 좋았어요. 여기에 아는 사람이 아무도 없는 것 같아서요."

"안됐네요."

그 여자의 얼굴이 기억나지 않았다. 둘 다 기억나지 않았다. 다시 보면 알아볼 수 있을까. 그럴 수 있을 것 같았다. 호텔로 돌아와 노트북을 켰다. 웹 브라우저 상단에 새 메일이 도착했다는 알림이 떠 있었다. 주기적으로 오는 광고 메일일까. 아니, 이번엔 그게 아닐 것 같았다. 혜서는 메일함을 열었다. 해킹에 주의하라는 경고 메일이 와 있었다. 제목만 봐도 알 수 있었다. 그녀는 숙소로 돌아오는 내내 꺼진 스마트폰 화면을 문질렀다. 누군가 여태껏 나를 주시해온 걸까. 내가 그녀와 마주친 걸 알고 경고장을 보낸 걸까. 아니, 그게 뭐가 문제인 거지. 대체 그 곰 인형이 그와 무슨 관계가 있다는 거지. 내가 왜 이런 생각을 하는 거지. 그래, 그는 이 주에 한 번씩 거길 검색하고 그 여자는 이 주에 한 번씩 곰 인형을 가져다놓는다니까. 그래, 이 정도면 일단 충분하다. 둘 간에 어떤 관계가 있다고 치자. 그렇다 하더라도 그게 이 경고 메일과 무슨 상관이지. 이런 건 어떤 비정상적인 접속의 정황이 있을 때나 발송되는 게 아닌가? 나는 평소와 다를 바 없이 아무것도 건드리지 않고 그저 검색 내역만 훑어봤을 뿐인데. 그리고 만약 그 여자 또

한 진혁의 계정을 사용하는 거라면 내가 아니라 그녀에게 원인이 있을 수도 있지 않나. 혹시 그 여자가 진혁이었던 건 아닐까. 여기서 그렇게 되었을 수도 있지 않을까. 아니, 아이가 있었다고 하지 않는가. 그것도 작년에. 내가 지금 무슨 생각을 하고 있는 거지. 이게 다 내 오랜 피해의식인 걸까. 그가 무엇하러 나를 이곳으로 불러들였겠는가. 아니, 내가 그 트랙을 발견한 줄도 모를 텐데. 설령 알았다 하더라도 누구도 나를 여기로 불러내지 않았다. 지금까지 봐온 그 검색 내역들이 그 여자의 흔적이라면 더더욱. 나는 이곳에 제 발로 찾아왔다. 그리고 이대로 떠날 요량이었다. 혹시나 하고 와서 역시나 하고 갈 생각이었다. 한데 어쩐지 이제는 그럴 수 없게 되어버린 듯했다. 혜서는 자신이 이 염탐에 은밀한 즐거움을 느껴왔다는 사실을 인정해야 했다. 이제는 포기할 때가 되었다는 것도.

그녀는 잠들 때까지 스마트폰에 담아온 그 숨겨져 있던 트랙을 반복해서 들었다. 그리고 다음날 아침, 어제 받은 영수증을 찾아서 맵의 검색창에 그 카페의 이름을 입력했다. 마치 처음 해보는 일인 것만 같았다.

첼로

애영은 창밖으로 고개를 내밀어 중정을 내려다보았다. 아이와
놀고 있는 가브리엘과 눈이 마주쳤다. 그가 그녀를 향해 손을 흔
들었다. 아이가 그를 따라 했다. 애영은 손을 뻗어 아이에게 응답
했다.

"저, 미안한데, 한 삼십 분만 안나랑 놀아줄 수 있어? 내가 오늘
아이를 보는 날인데, 잠깐 급히 어디에 가야 해서 말이야. 딱 삼십
분이면 충분한데."

"내 방으로 올래?"

"아니, 괜찮아. 여기서 같이 책만 읽어줘도 돼."

애영이 중정으로 내려왔다. 아이는 익숙하게 그녀에게 동화책
을 건넸다. 가브리엘이 아이의 머리를 쓰다듬으며 그녀에게 손을
내밀었다.

"나는 가브리엘이야. 어제 제대로 인사를 못했네. 애영 맞지?"

"응, 안나는 몇 살이야?"

"다섯 살이야. 네가 이번에 몬드리안 기금 받은 거지? 네 작업 본 적 있어."

모르는 게 없는 건지, 그러기 위해 노력을 하는 건지, 어쨌거나 작가들에게 호감을 사는 기술이 있는 것만은 확실한 듯했다.

"아, 그렇구나. 근데 급하다며."

"어, 그래. 작업 얘기는 다음에 또 하자. 빨리 갔다 올게. 고마워."

안나는 애영의 손을 끌고 벤치로 가서는 분홍색 토끼 인형을 가슴에 안고 자리를 잡았다. 애영이 동화책을 펼쳤다. 아이 생각이 났다. 아이는 읽어달라며 책을 가져와서는 다 읽기도 전에 또다른 책을 가져왔다. 그렇게 책장에 꽂힌 책을 모조리 읽다 만 책으로 만들어놓고선 다른 장난감으로 관심을 돌렸다. 어쩌면 그때 아이는 이야기에 시작과 끝이 있다는 걸 몰랐는지도 모른다. 끝을 본다는 게 어떤 건지 아무런 관심이 없었다. 애영의 말을 안나가 끊었다. 그러곤 그녀의 네덜란드어 발음을 고쳐주었다. 아직도 제대로 내지 못하는 소리였다. 아이도 매번 저를 따라 하라던 바로 그 단어였다. 아이는 유치원에 다니면서부터 자연스럽게 네덜란드어를 익혔고, 애영의 발음이 어색할 때마다 그냥 넘어가는 법이 없었다. 많이 배웠는데. 그녀가 몇 차례 흉내를 내도 나아질 가망이 보이지 않자 안나는 후, 하고 한숨을 쉬었다. 애영은 아이의 머리를 쓰다듬고는 다음 문장으로 넘어갔다.

　정문을 두드리는 소리가 들렸다. 가브리엘이 전자 키를 두고 간 것 같았다. 안나를 벤치에 둔 채 문을 열어주려 일어서는데 어느샌가 마이레가 다가와서는 기다리라고 말했다. 이반한테 먼저 말해야 해. 마이레가 다시 건물 안으로 황급히 뛰어갔다.

　마이레는 노크도 하지 않고 이반의 방 문을 열었다. 그는 벽에 등을 붙이고 서 있었다. 또 몇 시간째 저러고 있는 걸까. 이반은 나방 같았다. 어떻게 한 자세로 저렇게 오랫동안 가만히 있을 수 있는지 알다가도 모를 일이었다. 그가 저러고 있을 때면, 기네스북에 등재되는 게 무슨 인류의 커다란 도약인 것처럼 여겨지던 시절 일본의 어떤 이가 그런 도전을 했었던 게 기억나곤 했다. 다다미방에 앉아 얼마나 오랫동안 눈 하나 깜짝 않고 있는지 그 시간을 쟀었던 것 같다. 그 장면이 그 시절의 텔레비전 화면비율로 어슴푸레하게 떠올랐다. 이제는 예능 프로그램에서나 할 짓이다. 마이레가 이반을 불렀다.

　"그가 왔어."

　말이 없었다.

　"또 왔다고."

　"내버려둬."

　"그냥 안 갈 거야. 저번처럼 또 난리 치기 전에 내려가서 보내든지 아니면 들여보내든지 빨리 어떻게든 해."

"정말 죽고 싶다."

"들여보낸다. 알아서 해."

정말이지 쉼없이 문을 두드리고 있었다. 애영은 마이레가 중정을 가로질러가는 것을 멀찍이 바라보았다. 중년의 남자가 마이레에게 목례를 하고는 빠른 걸음으로 건물 안으로 들어갔다.

*

이반은 그와 마주하지 않으려는 양 창밖을 보고 있었다. 남자는 아랑곳하지 않고 그에게 다가갔고, 이반은 그 기척에 몸을 돌리고는 그를 노려봤다.

"제발 좀 그만해요."

"이번이 정말 마지막이야."

"그 소린 저번에도 들었어요."

"넌 여기 있으면 안 돼. 그러니까 너야말로 이제 그만해."

"같은 얘기 또 반복하기 싫어요."

"난 그냥 네 연주가 듣고 싶을 뿐이야."

"나보다 훨씬 더 잘하는 사람들이 널리고 널렸으니까 그런 말은 됐어요. 나는 이제 정말 관심 없어요. 아니, 이게 좋다고."

"마이클 조던이 야구했던 거랑 똑같아. 딱 그 꼴이야."

이반이 다시 창 쪽으로 몸을 돌렸다.

"당신이 뭘 원하는지 알아."

"네 연주가 듣고 싶어. 그게 다야."

이반은 구석에 놓여 있던 캐리어를 들고 와서 침대에 걸터앉았다. 지난 전시에서 했던 퍼포먼스를 반복할 참이었다. 그는 크기만 대충 맞으면 아무데나 첼로 줄을 걸어선 그걸로 연주를 했다. 걸상으로 〈평균율〉을, 책장으로 〈카바티나〉를 켜는 식이었다. 대개는 기이한 소리가 났지만 마이레가 줄을 잡아준 그 캐리어는 제법 그럴싸하게 〈솔베이의 노래〉를 불렀다. 이반이 캐리어 안에서 활을 꺼내다 그에게 물었다.

"마지막으로 섹스를 한 게 언제죠?"

"모르겠어."

"당신 문제는 그것뿐이에요."

이반은 다시 창가로 갔다. 등뒤에서 바지 벨트의 버클을 끄르는 소리가 들렸다. 오래잖아 끙, 하는 소리가 이어졌다. 남자는 지체 없이 문 옆 화장실로 들어가 휴지를 가져와선 바닥을 닦았다. 그러곤 말없이 방을 나갔다. 이반이 다시 실내 쪽으로 몸을 돌렸다. 그대로 서 있으면 지난번처럼 창밖의 그를 보게 될 것이었다. 조금이라도 나아지고 싶었다. 이 모든 행동이 오래 연습한 안무처럼 익숙한 게 진절머리났다. 이걸 왜 또 반복해야 하는 거지.

마이레가 방으로 들어왔다. 이반은 아까와 같이 가만히 서 있었다. 그녀는 곤충의 삶에 대해 생각했다. 뭐가 건들지만 않으면 죽은듯이 한자리에서 몇 달을 꼼짝 않는 바퀴벌레와 몇 년을 땅속에 묻혀 있는 매미의 유충을 생각했다. 그리기 좋은 정물일 터였다. 방바닥 한편이 번들거렸다. 뱅어포가 떠올랐다. 마이레는 그를 두고 방을 나왔다.

애영은 그 중년의 남자가 느린 걸음으로 중정을 가로질러가는 것을 보았다. 그가 고개를 돌려 이반의 방 창문을 찾았다. 바로 옆에 자신과 아이가 있는 줄도 모르는 것 같았다. 그는 웃고 있었다. 엄마가 보던 웃음 치료 영상 속 얼굴들처럼 있는 힘껏 입꼬리를 당기고 있었다. 그가 건물을 나간 뒤 마이레가 다가왔다.

"누구야?"

"이반의 예전 담당 교수."

"그런데?"

"이반이 다시 첼로를 하길 원해. 가끔 와. 설득하려고."

"이반이 첼리스트였어?"

"몇 년 전까지만 해도."

"왜 그만둔 건데?"

"몰라. 저 남자가 처음 왔다 갔을 때 물어봤었는데, 그냥 음악이 싫다고만 했어. 너무 직접적이래. 그것도 억지로 와인을 먹여서 겨우 들은 말이야. 숨을 곳이 없대. 쉴 틈도 없고. 그리고 또, 또 뭐랄까, 너무 편안하대."

"그래, 다 그만두고 싶을 때가 있지."

"응, 나도 할 수만 있으면 미술 그만하고 싶어. 열 살도 되기 전부터 이것만 했어. 물론 몇 번 때려치우려고도 했지. 근데 이것만큼 정확하게 내가 하고 싶은 얘기를 할 수 있는 방법을 못 찾겠더라고. 모국어 같은 거지. 그나마 제일 나은 거야, 이게. 무슨 고해성사 하는 것 같다. 도망치고 돌아오고."

"그래도 이반은 운이 좋네. 다른 걸 찾아서."

"모르지. 그냥 투어를 다니는 게 지겨웠던 건지도 몰라. 몇 년 동안의 생활이 미리 다 짜여 있는 게 답답했을 수도 있고."

가브리엘이 돌아왔다. 그가 활짝 웃으며 그들에게로 다가왔다. 안나가 벤치에서 내려오다 가슴에 안고 있던 분홍색 토끼 인형을 흙바닥에 떨어뜨렸고, 그대로 밟았다. 가브리엘이 얼른 인형을 주워 흙을 털었다. 하지만 인형의 배에 아이의 발자국이 그대로 남았다. 그가 빨아서 주겠다고 했지만 안나는 막무가내로 아빠에게서 인형을 빼앗았다. 애영이 진혁에게 연락할 생각을 한 건 그때였다. 그가 어디서 뭘 하고 있는지 모르지 않았다. 그녀의 손에 여전히 동화책이 들려 있었다. 마이레가 그녀의 다른 팔에 팔짱을 꼈다.

엄마는 한글 동화책을 몇 권 샀으면 좋겠다고 했었다. 아이에게 책을 읽어주고 싶어했는데 여기서 파는 책으로는 그럴 수가 없었다. 애영은 동화책을 검색하기 위해 오랜만에 국내 포털 사이트에 들어갔고, 거기서 진혁의 얼굴을 보았다. 검색창 하단으로 지나가는 슬라이드 사진 속에 그가 있었다. 한국방송대상 그 영예의 순간, 이라는 캡션이 달려 있었던 것 같다. 그녀는 사진을 클릭했다. 그리고 기사 본문 속 수상자 명단에서 그의 이름을 봤다. 라디오 작품상 부문. 사진 속 진혁은 다른 수상자들과는 달리 굳은 표정으로 고개를 반쯤 숙이고 있었다. 그게 꼭 제 눈에 띄고 싶지 않아서 그러는 것처럼 보였다. 애영은 뒤로 가기 버튼을 누르고 다시 찾으려던 것을 찾기 시작했다.

*

진혁 앞으로 온 편지의 내용은 짧고 어색했다. 오길 바람. 매주 금요일 밤 비행기가 있음. 토요일 아침 도착함. 당일 저녁 비행기를 탈 것. 일요일 오후에 귀국할 것임. 아래 메일로 온라인 티켓을 포워딩해주길 바람. 공항에 나가 있겠음. 선택의 여지가 없었다. 애영의 글씨라는 걸 단번에 알아볼 수 있었다. 그는 그녀가 빈 건물의 콘크리트 벽에 스프레이로 갈겨썼던 낙서들을 떠올렸다. 욕들. 지금은 내장재로 말끔히 덮였을 것이다. 애영은 문장의 어미를 고르지 못한 것 같았다. 휴가를 낼 필요도 없었다. 그는 그 다음주 금요일 비행기를 예약하고 애영에게 메일을 보냈다.
애영은 그와 눈이 마주치자마자 고개를 돌렸다. 그리고 아무 말도 하지 말라고 했다. 진혁은 고개를 숙이고 그녀의 뒤를 좇았다. 애영이 도착한 곳은 시내의 한 장난감 가게였다. 그녀는 인형 칸을 잠시 뒤지더니 곰 인형을 찾아서는 카운터로 가져갔다. 그리고 점원에게 재고량을 물었다. 점원은 잠시 모니터를 확인하더니 영어로 서른 개가 있다고 말했다. 애영은 진혁에게 계산하라고 말했고, 점원은 당연하다는 듯이 배송지를 물었다. 애영은 배송장에 주소를 쓰고는 점원에게 건네주면서 하나는 지금 가져가겠다고 말했다. 진혁은 카드를 지갑에 다시 집어넣고 점원에게 인사한 뒤 그녀를 따라갔다. 애영이 트램에서 내린 곳은 공원 앞이었다. 그녀는 공원 입구 옆에 있는 카페로 들어갔다. 그리고 주문을 받으러 온 점원에게 카푸치노를 시킨 뒤 창밖으로 고개를 돌렸다.

"저기 신호등 보이지. 그 밑에 곰 인형도. 아이가 좋아하던 거야. 애착인형. 내가 이 주마다 와서 새 인형으로 바꿔놓고 가. 비가 자주 와서 금세 더러워지기도 하고, 또 누가 가져갈 때도 있어서. 교통사고였어."

말을 마친 애영은 커피가 나오기도 전에 곰 인형을 들고 자리에서 일어났다. 그리고 진혁이 따라 일어서자 멈춰 서서 말했다.

"됐어."

그는 그녀가 신호등에 곰 인형을 묶는 걸 창 너머로 바라보았다. 그녀는 그 쪽으로는 조금도 눈길을 주지 않았다. 그는 그녀가 자리를 뜨는 걸 확인한 뒤 카페에서 나왔다.

그는 비행기 안에서 그녀와 휴대폰이 뒤바뀐 것을 알았다. 전원을 끄기 위해 화면을 켰다가 웃고 있는 아이의 얼굴을 봤다. 아마도 카페에서였을 것이다. 잠금 설정이 되어 있지 않았다. 휴대폰이 없었던 엄마가 애영에게 그렇게 해놓으라고 했던 것이었다. 진혁의 것도 마찬가지였다. 시사 프로그램을 맡았던 때에 급히 녹취를 해야 하는 경우가 많아서 그렇게 해놓은 뒤 건드리지 않았다. 애영에게서 곧 연락이 올 거라고 생각했다. 메일을 보낼 생각은 금세 접었다. 아무 말도 하지 말라고 했던 그녀의 말이 여전히 유효한 듯했다. 기다리기로 했다. 하지만 이틀 뒤 휴대폰의 모든 앱이 로그아웃 상태로 전환되었고, 그는 그제야 애영에게서 더는 연락 올 일이 없다는 것을 알았다.

*

그날도 마이레는 누군가가 정문을 두드리는 소리에 잠에서 깼다. 창밖을 보니 배송 기사가 트럭을 세워둔 채 연신 벨을 누르고 있었다. 그녀는 천천히 밖으로 나가 문을 열어주었다. 배송 기사는 애영의 방이 어딘지를 물었다. 그리고 카트를 꺼내 그 위에 곰 인형을 쌓기 시작했다. 마이레는 그가 곰 인형들을 로프로 묶는 걸 도와주었다. 애영의 방으로 가는 동안 서너 개의 곰 인형이 바닥으로 떨어졌고, 마이레는 그것들을 주워 양팔에 끼고 그를 애영의 방까지 안내해주었다. 그녀의 침대 옆으로 스물아홉 개의 곰 인형이 쌓였다. 애영이 마이레에게 믹스커피를 타주었다.

"너무 달지 않아?"

"응?"

"엄마가 마시던 건데, 사실 나는 너무 달아서 잘 안 먹거든."

"이게 달다고?"

"엄청 달 텐데?"

마이레는 도무지 뭐가 문제인지 알 수 없었다. 그녀는 자신의 방으로 돌아와 찬장에서 꺼낸 설탕 한 스푼을 통째로 입안에 털어 넣었다. 맛이 없었다. 아무 맛도 느껴지지 않았다. 왜 이러지. 언제부터 이런 거지. 알 수 없었다. 마지막으로 단맛을 느껴본 게 언제인지 기억나지 않았다. 마이레는 검지 손톱으로 혀끝을 지그시 누른 뒤에 다시 설탕 한 스푼을 입안에 머금었다. 그대로였다. 톱밥을 문 것 같았다. 짐작 가는 게 있었다. 의사는 미각에 이상이 올 수 있다고 했다. 하지만 정말로 그렇게 되었는지는 몰랐다. 단 걸 일부러 꺼리는 것도 아닌데 어떻게 여태 몰랐을 수가 있는지 당최 모를 일이었다. 시술을 받은 지 벌써 반년이 지났는데 이제야 알다니. 단맛 없이도 당이 채워지기만 하면 상관이 없는 걸까.

반년 전 마이레는 며칠 동안 이명이 멎질 않아서 이비인후과에 갔다가 그걸 발견했다. 의사는 이를 진주종이라고 불렀다. 고막 안쪽에 진주 모양으로 멍울진 작은 혹인데 양성인지는 조직검사를 해봐야 안다고 했다. 의사는 일주일 뒤 그녀의 귀 뒤에 드릴로 조그만 구멍을 내고선 그 작은 진주알을 뽑아냈다. 마이레는 실은 그걸 한번 만져보고 싶었다. 처음 의사가 엑스레이 사진을 보여줬을 때 그녀는 왠지 자신이 커다란 조개가 된 듯한 기분이 들었다. 턱뼈를 덜거이는 해골은 조개껍질, 그 안에 들어찬 골은 속살. 의사가 뇌막염으로 번질 수 있다고 겁을 주지만 않았어도 그 묘한 기분을 조금이나마 더 길게 이어갔었을지도 모른다. 시술 후 절제한 종양은 어디로 가냐는 마이레의 질문에 의사는 아무렇지 않게 대답했다. 그런 걸 궁금해하는 사람이 마이레만은 아닌 듯했다. 대개는 의료폐기물 용기에 봉해져서 바로 소각되고, 조직검사가 필요한 경우에는 병리과에 넘긴 다음 똑같은 절차를 따른다고. 마이레는 종양을 요리해 먹는 미친 병리과 의사를 상상했다. 제 진주를 입안에서 살살 굴리다 연어알처럼 톡 터뜨려 먹는 그런 기인을 말이다.

마이레는 이반의 방으로 갔다. 늘 그렇듯 방문은 잠겨 있지 않았고, 그가 벗은 몸으로 잠들어 있었다. 하루종일 정장을 하고 있으려면 자는 동안에는 저래야 하는지도 모른다. 이반의 몸은 보기 좋았다. 마이레는 발기해 있는 그의 성기를 바라보았다. 그게 새삼 낯설어 보였다. 공산품 같기도 했다. 성적인 자극으로 저리된 게 아니라선지도 모르겠단 생각이 들었다. 그렇게 해서 이렇게된 게 아닌 저것을 전에도 본 적이 있었나. 그렇게 된 것과 이렇게 된 것의 겉모습에는 어떤 차이가 있을까. 저대로 펠라티오를 하면 어떨까. 마이레는 그러기로 했다. 먼저 옷을 벗고 그와 몸이 교차하도록 비스듬히 누워 자리를 잡았다. 그리고 물었다. 단맛을 보고 싶었다. 혀끝에 힘이 들어갔다. 진주의 식감이 이와 같았을까. 그의 얼굴을 보지 않고도 그가 잠에서 깬 걸 알 수 있었다. 이반이 마이레의 한쪽 다리를 제 어깨 쪽으로 당기고 그녀의 성기에 고개를 묻었다. 마이레는 그의 입술이 제 클리토리스를 지그시 무는 걸 느꼈다. 아무렇지 않았다. 졸음이 왔다. 그녀는 그에게서 몸을 떼고 그의 얼굴을 내려다보았다. 이반은 고개를 돌렸다. 하지만 그 적막이 오래가지는 않았다. 그는 느릿한 동작으로 침대 밑에서 악기를 꺼냈다. 마이레는 그 옆에 나란히 앉아 그의 연주를 들었다. 아는 멜로디였다.

이반의 담당 교수는 열일곱 살에 떠올린 멜로디 한 소절을 변주하는 것으로 제 모든 음악적 커리어를 쌓았다. 마이레는 그가, 데 뷔작이 엄청나게 히트하는 바람에 이를 연재하는 데 평생을 바친 일본의 한 만화가와 흡사하다고 생각했다. 이제 더는 누구도 그에게 묻지 않았다. 지겹지 않으냐고. 그 물음에 그가 다른 대답을 내놓은 적은 없었다. 이제는 떨쳐내기가 쉽지 않다고, 차라리 적응하며 사는 법을 익혀가는 중이라고. 아침에 들은 노랫말이 하루종일 입가를 성가시게 하듯 십대부터 따라온 그 소리는 그의 삶 주변을 날벌레처럼 맴돌았다. 멜로디는 늙지도 닳지도 않는다. 그의 노화나 죽음 따위는 안중에도 없을 것이다. 애영은 곰 인형 하나의 비닐 포장을 벗기다 그 선율을 들었다. 음악을 틀어놓은 건지 연주를 하는 건지 잠시간 구분이 되지 않았다.

동선

　잠에서 깬 애영은 창밖의 종탑을 바라보다 여기서 저기로 풀쩍 뛰어서 매달리면 어떨까 생각했다. 물론 그저 생각일 따름이지 정말로 그럴 요량인 건 아니었다. 해시시를 들이마셨을 때 그래볼 맘이 드는 것과는 달랐다. 그녀는 종 치는 횟수를 세어보았다. 설마 틀릴까봐. 물론 스마트폰이 가리키는 정각과 다르지 않았다. 마이레가 건성으로 두어 번 노크를 하곤 대꾸도 기다리지 않고 방 안으로 들어왔다.

　"레익스에 가자."

　"응? 오늘 거기서 뭐해?"

　"응, 특강이 있대. 재밌을 것 같아."

　"뭔데?"

　"비웃지 마. 빅 데이터와 현대미술."

"뭘, 재밌어 보이는데."

"너 지금 비꼬는 거지."

"아냐, 진심이야."

"못 믿겠네. 하여간 같이 갈래?"

다미안은 상상해보라는 얘기를 자주 했다. 저는 현대미술이나 예술에 관해서는 아는 바가 거의 없습니다. 다만 이를 콘텐츠의 한 종류로 볼 수 있다면, 이에 기계학습이나 알고리즘을 적용하는 몇 가지 방식을 제안할 수는 있을 것 같아요. 나머지 상상은 제 몫이 아니겠죠. 그는 도서관 내부를 빠르게 일별한 뒤 다시 청중에게로 시선을 옮겼다. 지금 이 열람실 안에는 아티스트도 있고 큐레이터도 있고 또 이 미술관의 행정가도 있는 걸로 알고 있습니다. 그리고 아마 여러분들 모두가 어느 정도씩 서로 다르게 이 콘텐츠에 접근하겠지요. 때문에 저는 최대한 모두가 공통적으로 이해할 수 있는 지점을 짚어보려고 합니다. 저는 아마도 그게 관객이 아닐까 싶어요. 우리 모두 관객을 의식하고 있지요. 그들은 분명 우리에게 어떤 신호를 보냅니다. 그들을 통해 아티스트는 어떤 작업이 어떤 호응을 이끌어냈는지 짐작할 테고, 큐레이터는 어떤 기획이 어떤 반향을 일으켰는지 알 테고, 또 행정가는 향후 미술관의 운영 방향을 설정할 겁니다. 하지만 이 모든 게 여전히 조금 모호하죠. 심증은 가는데 물증이 없단 말입니다. 과거에는 이 문제에 대해 어쩔 도리가 없었어요. 별수없는 거죠. 하지만 빅 데이터 기술 덕에 이 심증을 물증으로 바꾸는 게 일정 부분 가능해졌습니다. 그리고 가능하다면 하지 않을 이유가 없지요. 그래서 저는 오늘 몇 가지 상상을 해보았습니다. 물론 저보다는 여러분들이 상상하는 게 더 나을 겁니다. 그러니 어느 정도 감안해서 들어줬으면 해요. 먼저 제가 아티스트라면 이걸 어떻게 활용할지 생각해봤어요. 제일 먼저 떠오른 건 시선 추적 기술입니다. 피험자가 무엇을 보고 있는지, 거기에 얼마나 오랫동안 시선이 머무는지를 측정하는 기술이죠. 그러니까 가령 눈앞에 그림이 있다고 친다면, 관객이 어느 부분을 보고 있는지, 그 시선은 어디에서 어디로 이동하는지, 또 그러는 데 걸린 시간은 얼마인지를 데이터화할 수 있는 겁니다. 그리고 그 결과를 그 작품을 그린 화가가 본다면, 그는 물론 자신의 의도에 부합하는 데이터를 확인할 수도 있겠지만, 의도치 않았거나 예상 밖의 데이터를 발견할 수도 있을 거예요. 다시 말해 관객이 생각지도 못한 부분에 주목했다는 걸 알 수도 있겠죠. 그리고 그게 충분히 흥미롭다면 앞으로 이에 관한 연구를 시작할 수도 있을 겁니다. 마이레가 이맛살을 찌푸리면서 아랫입술을 물었는데, 그 표정이 저 말에 동의하지 않는다는 것처럼 보이지는 않았다. 그리고 또, 제가 사실 큐레이터의 일은 더 잘 모르긴 합니다만, 아마도 전시 작품을 선정하는 일이나 이에 맞춰 관객의 동선을 설정하는 게 가장 큰 고민 중 하나가 아닐까 싶습니다. 만약 그렇게 볼 수 있다면, 관객 개인에 관한 누적 데이터가 이 일에 많은 도움을 줄 수 있을 겁니다. 예를 들어 그가 누구의 어떤 작품을 좋아하는지, 전시를 볼 때 어떤 루트를 선호하는지, 또 주로 사는 기념품은 뭔지 등등의 데이터를 수집할 수 있는 거죠. 그리고 이를 안다면, 그를 위한 개인화된 동선을 설계할 수도 있을 겁니다. 말하자면 하나의 전시를 관객마다 제각기 다른 방식으로 감상할 수 있도록 판을 짜두는 거죠. 애영이 마이레에게 낮은 목소리로 말했다. 지금도 그러지 않아? 다미안이 잠시 말을 끊었다가 다시 이어갔다. 그리고 또 솔직히 말하자면, 행정가의 일은 정말로 잘 떠오르지 않더군요. 하지만 앞서 말한 두 가지 얘기를 조합하면 되지 않을까 합니다. 어디나 그렇듯 의사결정을 내리는 게 쉬운 일이 아니잖아요. 어디에 얼마나 예산을 배정해야 하는가, 이런 거 말이죠. 음, 이렇게 얘기해볼게요. 몇 년 전에 개봉한 영화 〈아바타〉 많이들 보셨죠? 그런데 이 3D 기술은 사실 오십 년도 더 전에 개발된 거예요. 그러니까 제 말은, 뭔가 최첨단처럼 보이는 이 3D 영화를 제작한다는 게 실은 그저 누가, 언제, 어느 정도의 규모로, 어떻게 실행하는가에 관한 문제였을 뿐이라는 겁니다. 기술적인 문제가 전혀 아니라는 거죠. 아마도 그런 점을 상상해보실 수 있을 것 같아요. 사실 그 영화 줄거리는 좀 뻔하잖아요. 물론 재밌기는 하지만 처음 보는 이야기는 아니라는 거죠.

애영은 관객들이 전시장 벽이나 바닥에 붙은 화살표를 무시하고 제가끔 돌아다니다가 서로 부딪치고 넘어지고 결국 다투는 장면을 상상했다. 그 싸움은 누구의 책임인 걸까. 마이레가 그녀의 왼쪽 팔에 팔짱을 끼고는 말했다.

"나 실은 어제 돌아오다가 네 곰 인형 봤어."

"응, 그랬구나. 이반은 잘 갔지?"

"아마도. 연락이 없는 걸 보니 잘 갔나보지."

"그래."

"거기에는 언제 가는 거야?"

"이 주에 한 번씩 가."

"혼자?"

"응, 뭐."

"다음부턴 나랑 같이 가자."

"그래, 고마워."

마이레는 애영이 자신의 제안을 순순히 받아들여서 말문이 막혔다. 조금 실랑이를 할 줄 알고 마음의 대비를 했었는데 그럴 필요가 없었던 것이다. 순전히 자기 맘대로 생각한 셈이었다. 왜 그랬던 걸까. 그게 사양할 만한 제안이라고 지레 단정했던 건 왜일까. 이제 와 마이레는 그게 그녀로서는 당연히 고마운 제안일 거라는 생각을 했다. 그 말을 지키기 위해 애써야 할 사람은 오히려 자신이었다. 정말 그럴 수 있을까. 하다보면 나아지겠지. 매번 위로의 말을 고민할 필요는 없을 것이다. 그러길 바랐다. 마이레는 이반을 공항에 데려다주고 돌아오는 트램에서 그 곰 인형을 보았다. 그걸 알아보았다기보다 그게 거기 있어서 그건 줄 알았다. 암스테르담에서 교통사고는, 그것도 사망사고는 매우 드문 일이어서 다들 그 일에 대해 어느 정도씩은 알고 있었다. 마이레도 그 일이 거기서 일어났다는 걸 모르지 않았다. 애영의 방으로 배달된 그 곰 인형들을 보지 않았더라도 그게 뭔지는 단번에 알아챘을 것이다.

그 사건이 일어난 후로도 그곳은 한동안 사람들의 이목을 끌었었다. 피의자의 항소이유 때문이었다. 그는, 자신은 단지 맵을 따라갔을 뿐이라고 주장했다. 전방 주시 의무를 소홀히 한 사실을 부정할 순 없으니 그저 조금이라도 감형을 받아볼 심산으로 꼬투리를 잡아본 것일 터였다. 살의 없이 사람을 죽였다는 게 못내 억울했나보았다. 그의 변호인의 말은 제법 일리가 있었다. 맵에는 도로 위의 횡단보도가 표시되어 있지 않았고, 내비게이션의 안내대로 운전을 하던 피의자가 그러한 오류에 즉각적으로 대처하기는 어려웠을 거란 얘기였다. 그는 지난달 같은 장소에서 비슷한 사고를 당한 독일인 유학생을 참고인으로 신청했다. 그는 그 횡단보도 위에서 속도를 줄이지 않고 달려오는 밴을 피하려다 자전거에서 넘어지는 바람에 발목을 접질렸고, 결국 그날 시험을 놓치고 말았다. 재시험은 한 달 뒤로 예정되었고 그의 휴가는 취소되었다. 그의 끈질긴 민원에 떠밀린 암스테르담시 교통정보국이 맵 제공사에 업데이트를 요청했지만, 그들은 그것이 내년으로 예정된

정례 도시 스캐닝 작업 때 자동으로 수정될 것이라는 답변만을 내놓았다. 샌디섬이 사라진 직후라 맵 수정에 한층 더 신중해진 참이었다.

샌디섬은 2012년 11월을 기점으로 거의 모든 종류의 세계지도에서 사라졌다. 호주와 뉴칼레도니아 사이 해역에 떠 있던 그 유선형의 섬은 이제 온데간데없다. 그게 있던 자리는 바다로 메워졌다. 지구온난화로 해수면이 상승하는 바람에 시한부 선고를 받은 팔라우공화국 같은 곳은 아니었다. 그건 원래부터 없는 섬이었다. 어찌된 영문인지 이제는 영영 모를 노릇이다. 샌디섬이 처음 기록에 등장한 건 제임스 쿡 선장의 1774년 9월 14일 항해일지에서였다. 그는 거기 모래섬이 보인다며 그 좌표를 적어놓았다. 하지만 그가 본 게 무엇이었는지는 이제 아무도 모른다. 그는 다른 섬을 보았던 건지도 모른다. 그가 기록한 좌표는 샌디섬이 있던 위치에 근접하긴 했지만 정확하게 일치하지는 않았다. 그때 그가 본 것은 무엇이었을까. 그와 그의 선원들이 뉴질랜드 원주민을 학살하기 이 년 전의 일이었다. 그 참상으로부터 백 년 뒤 샌디섬은 처음으로 지도에 실리게 된다. 1876년, 항해를 마치고 돌아온 포경선 벨로시티호의 선장이 쿡 선장의 기록과 가까운 위치에서 그 모래섬을 발견했다고 보고한 것이다. 남태평양 지도의 대부분을 그렸다고 해도 과언이 아닌 제임스 쿡의 기록을 의심하는 이는 아무도 없었다. 그렇게 샌디섬은 전 세계 항해지도에 자리를 잡게 된다.

그리고 다시 백 년쯤 지난 1974년, 프랑스 수로국은 거기에 섬이 없다는 결론을 내린다. 그간 몇몇 목격자가 있었을 뿐 그 섬에 정박하는 데 성공했던 탐사선은 단 한 척도 없었던 것이다. 증거 부족. 그들은 결국 비행기로 그 해상을 확인한 뒤 이를 지도에서 지운다. 그렇다면 그때 벨로시티호가 본 건 무엇이었을까.

하나 여기까지는 대개의 유령 섬이 지도에서 사라지는 일반적인 과정과 크게 다를 바 없다. 대항해시대는 수동 측량을 하던 시절이었고 기록 또한 정확하다고 볼 수 없었기 때문에 그런 허구의 지표들이 지도에 남는 경우가 왕왕 있었다. 그리고 그 대부분은 이와 흡사한 삭제의 수순을 밟았다. 지구상에 숨을 곳은 없었다. 문제는 샌디섬이 자꾸 재발하는 만성 피부염처럼 지도에서 완전히 사라지지 않는다는 사실이었다. 어찌된 일인지 프랑스 수로국의 정보가 해양과학자들이 사용하는 지도의 제작자들에게 전달되지 않았던 것이다. 결국 샌디섬은 미국 국가지리정보국의 데이터베이스에까지 흘러들어갔고, 이는 세계 표준 해안선 디지털화 작업에도 그대로 적용되었다. 하지만 이때까지만 하더라도 샌디섬이 별 소란 없이 지도에서 사라질 기회는 남아 있었다. 지표면의 덜 탐색된 지역이 맵에 오류를 일으키곤 하는 탓에, 이를 수정하는 작업이 상시적으로 이루어졌던 것이다. 그런데 또 어찌된 영문인지 샌디섬은 이마저도 날렵한 페리처럼 잘 피해갔다.

샌디섬의 존재를 마지막으로 의심한 건 한 아마추어 라디오 동

호회의 회원들이었다. 2000년 봄, 그들은 전파간섭이 없는 지역에서 자신들만의 취미를 즐기기 위해 여러 종의 남태평양 지도를 펼쳐놓고 적당한 섬을 물색하던 중이었다. 다른 전파와 섞이는 일 없이 단파방송을 하기에 무인도만한 곳은 없었다. 그러다 그들은 샌디섬이 있는 지도가 있고 또 없는 지도가 있다는 것을 발견하게 되었다. 애초에 눈에 보이지 않는 것을 취미로 삼은 이들이기 때문이었을까. 그들은 잠시 라디오를 제쳐두고, 이 섬이 없을 수도 있다는 가설에 빠져들었다. 그러나 그들의 주장을 진지하게 받아들이는 과학자는 드물었다. 대개가 코웃음을 쳤다. 위성지도에까지 나와 있는 섬을 없을 수도 있다고 주장하는 아마추어를 상대할 겨를이 그들에게는 없었다. 그렇게 의심과 비웃음 속에서 다시 십여 년이 흘렀고, 2012년 시드니대학의 마리아 세턴 박사가 이끄는 해저 지질탐사 팀이 그 해역을 지나가게 된다. 그리고 이로써 두 세기 반 가까이 남태평양에 떠 있었던 샌디섬은 세계지도에서 영영 사라지게 된다. 바다뿐이었다. 그들이 그곳의 해심을 측정한 건 물론이었다. 혹시나 그 밑에 뭐가 있을까봐, 그게 어쩌다 잠겼을까봐. 해심은 최소 1.3킬로미터로 측정되었다. 모세가 와서 지팡이를 꽂지 않는 한 그 정도 높이의 파도가 칠 리는 없었다. 혹여 그런 파도가 쳤다손 치더라도 그때 제임스 쿡이 그 옆을 지나갈 순 없었을 것이다. 그는 대체 뭘 봤던 것일까. 샌디섬이 위성지도에까지 나와 있던 건 미국 국가지리정보국이 위성에 제공한 데이터가 그 좌표를 사전에 육지로 분류했던 탓으로 밝혀졌다. 그러니까 섬의 윤곽을 표시해두기만 하고 지도는 비워둔 셈이었다. 실제로 당시 위성지도를 보면 샌디섬은 다른 섬들과는 달리 아무 지표 없이 해구처럼 검게 그을려 있을 뿐이다. 세턴 박사가 원래 탐사하려고 했던 것은 해당 해역의 판 구조였다.

그런 일이 고작 한 달여 전에 있었다. 맵은 신중했다. 없는 것을 있다고 하는 것만큼 있는 것을 없다고 하는 것도 큰 문제일 수 있었다. 사용자의 신고나 관공서의 요청만으로 이를 수정할 수는 없는 노릇이었다. 직접 보고 확인을 해야 했다. 그 수고를 사망사고가 덜어주었다. 맵은 즉각 수정되었다. 그렇다고 피의자의 항소가 받아들여진 것은 아니었다. 그는 감형 없는 십오 년 형을 받고 헤이그 근교 해안가 도시인 스헤베닝언의 교도소에 수감되었다. 마이레는 법정에서 나오는 애영의 사진을 신문에서 본 적이 있었다. 얼굴이 자세히 나오지는 않았지만 몬드리안 재단의 홈페이지에서 봤던 그 얼굴이 곧장 떠올랐다.

*

아이가 태어난 후로 애영은 줄곧 아이의 죽음을 그려보았다. 꿈에서라도 참척을 상상해보지 않은 어미는 없을 것이다. 어쩌면 이 세계는 그 악몽으로 근근이 유지되는지도 모른다. 그보다 끔찍한 건 아무래도 없었다. 그 상상이 현실이 된 후 그녀는 아무것도 상상하지 않았다. 그럴 수가 없었다. 그 이상은 없었다. 무언가를 떠올리려 애쓰지도 않았다. 애영은 단번에 떠오르지 않는 건 기억하지 않기로 했다. 절로 그렇게 되었다. 젓가락질이나 자전거 타기처럼 아이를 기억하고 싶었다. 말로 낱낱이 설명할 수는 없지만 어떤 사물과 함께 아이를 제 안에서 꺼내오길 바랐다. 몸짓으로 되살리길 원했다. 그러나 아이에 대한 기억은 옹알이에 가까웠다. 말을 익히면 다신 그 소릴 낼 수 없는 것과 마찬가지였다. 흉내를 낼 수는 있을지언정 회상의 손길은 기억에 가닿지 못했다. 아이 없이 아이를 떠올릴 순 없었다. 아이의 사진이나 동영상을 볼 때 차오르는 감정은 언제나 이내 잦아들었다. 그러고 나면 그 느낌들은 다시 돌아오지 않았다. 그걸로 끝이었다. 대신 그랬다는 기억이 남았다. 어떤 감정이 잠시 머물다 갔다는, 뭔가 잊은 게 있다는, 바라지도 않은 새로운 기억이.

아이는 제 유아기에 대해 묻곤 했다. 사진을 보며 자신이 저때 뭘 하고 있었는지를 물었다. 자신에게 없는 자신에 대한 기억을 갖고 있다는 게 자식이 부모를 두려워하는 원초적인 이유인지도 모른다. 애영은 아이를 두렵게 할 만한 그런 기억이 저에게 있는지 더듬어보았다. 하지만 떠오르는 건 오히려 아이에게 알리기 두려워한 기억들뿐이었다. 아이는 조금씩 아빠에 대해 묻기 시작했다. 그리고 그에 대한 대답은 모두 임기응변에 불과했다. 진실에 가까운 얘기를 해줄 때가 되면 해주겠지만, 그때 그 물음은 이미 아이 자신의 문제가 되어 있으리라 예상했다. 그러길 바랐었다. 그렇게 어렵지 않게 상황을 모면하고 나면, 애영은 아이를 끔찍이 여긴다는 시쳇말이 떠올랐다. 엄마는 내가 얼마나 끔찍했을까. 자신의 삶을 삼켜버린 내가. 애영은 어느 새벽, 우는 아이를 요람에 던지려던 제 손과 그 손을 낚아채던 엄마의 우악스러운 악력을 떠올렸다. 아직도 손목에 손자국이 남아 있는 것만 같았다. 실수로 바닥에 분유를 쏟았던 일이 기억났다. 어두운 부엌에서 한 손에 아이를 든 채로 물을 끓이고, 이를 젖병에 식혀둔 물과 섞어 온도를 맞추고, 분유를 퍼 넣고, 그 와중에 몇 스푼을 넣었는지 잊어버리고, 물을 더 붓다 식탁에 세워놓은 젖병을 쓰러뜨리고. 그다음은 떠오르지 않았다. 왜 아이를 던져버리려고 했었는지. 어떻게 그런 자세를 취했었는지. 분명한 건 그때 거기에 엄마가 있었다는 사실뿐이었다.

엄마는 아이와 함께 행복해 보였다. 조모와 손녀만큼 잘 어울리는 한 쌍도 없는 것 같았다. 둘은 각자 서로에게 필요한 모든 것을 필요 이상으로 갖고 있는 듯했다. 애영은 그 둘을 보는 게 좋았다. 그러면 조금 마음이 놓였다. 여기서 어떻게든 살게 되리란 예감이 들었다. 계속 이렇게 지내면 될 것이다. 걱정할 건 없다. 엄마는 아이를 품에 안는 것만으로도 활기를 되찾았다. 아이가 커갈 것이다. 그거면 되었다. 그런데 그게 되지 않았다. 시신의 온도는 왜 상온보다 낮은 걸까. 체온에 대한 기대 때문에 그렇게 느껴지는 걸까. 둘 모두 심한 외상은 없었다. 아빠가 장례식에 왔는데, 애영은 자신이 그를 불렀었는지 기억나지 않았다. 그는 한국에 돌아오겠냐고 물었다. 아무 생각도 나지 않았다. 이제 어디에 있어야 하나. 애영은 통통하게 살이 잡히던 아이의 오금이 떠올랐다. 거길 입술로 물면 아이는 바닥을 구르며 자지러지게 웃었다. 입술로 그 살집을 쫓아다니면서 온 집안을 쓸고 다녔다. 그러다 둘 다 지쳐서 서로 꼭 껴안고 잠시 가만히 있기도 했다. 어딜 간단 말인가. 둘을 시민 묘지에 묻었다. 나 말고는 아무도 찾아주지 않을 저 작은 묘지를 뒤로하고, 이제 내가 어떻게. 곰 인형을 들고 마이레의 방으로 가자 그녀가 기다렸다는 듯이 아이의 이름을 물었다. 내가 너를 어떻게 불렀더라.

*

트램 도착시간을 확인하려 스마트폰을 봤다가 잠금화면에 아무 사진도 없는 게 새삼 눈에 밟혔다. 진혁을 카페에 두고 방으로 돌아와 그의 휴대폰을 탁자에 올려놓고는 잠시 멍하니 있었다. 카페에서였을 것이다. 그때 말고는 없었다. 그의 얼굴이 벌써 가물거렸다. 얼굴을 피했던 탓일 테다. 끝끝내 그러는 게 그다지 어렵지는 않았다. 그럴 생각이었다. 알아야는 한다고 생각했다. 알기만

해야 한다고. 그래서 그런 것이었다. 그 이상도 그 이하도 생각하고 싶지 않았다. 그러려면 별수없었다. 번거로워도 언젠가 한 번은 그랬어야 했을 터였다. 더 늦어지면 더 어려워질 수도 있고. 너무 늦지 않게 그럴 생각이 났던 게 다행스러웠다. 그가 제 휴대폰을 잘못 가져가버린 것도 차라리 잘된 일인 듯싶었다. 어쩌면 처리하기 난감한 물건이 되어버렸을지도 모른다. 꼭 그 때문이 아니더라도 사진이나 동영상을 보기 시작하면 그날 하루를 넘기기가 버거웠다. 조만간 그만두어야 했을지도 모른다. 통신사에 분실 신고를 했다. 직원은 기기를 회수하기는 어렵겠지만 조치를 취해놨으니 개인정보가 누출되는 일은 없을 거라고 했다. 애영은 진혁의 휴대폰에서 데이터를 삭제하고 유심 칩을 갈아끼웠다. 그의 계정은 그대로 놔두기로 했다. 그렇게 그를 거슬리게 하는 데 곧 익숙해질 터였다. 해오던 일 같았다. 진혁은 새 계정을 만든 듯했다. 정류장까지 걸어가는 동안 마이레는 아무 말이 없었다. 앞으로도 계속 이럴 수는 없었다.

"사실 가끔 그 사람이 억울할 수도 있겠다는 생각을 해."

"누구?"

"지금 교도소에 있는 사람."

"그 사람이 잘못한 거잖아."

"여러 생각이 들었어. 어떻게 하면 그 일을 막을 수 있었을까. 그러다 그가 그럴 의도가 없었다는 데 생각이 미치면 더는 아무 생각도 나지 않는 거야. 지도가 잘못되어 있었던 건 사실이니까. 술을 마신 것도 아니고 자기는 그냥 평소처럼 운전을 했다니까."

애영은 거기서 말을 끊었다. 더 생각할 여력이 없다고 말하려 했는데, 영어로 이를 어떻게 표현해야 할지 알 수 없었다. 남은 힘이라. 트램이 오지 않았다. 그녀는 맵을 열어 도착시간을 다시 확인했다. 이제 맵 위에는 거기 있는 것과 같은 횡단보도가 아무렇지도 않게 그려져 있었다. 저게 있었더라면 아무 일도 없었을까. 그랬을지도 모른다. 그 생각은 이미 수도 없이 했다. 마이레에게 화면을 보여줬다.

"이게 지금처럼 여기에 이렇게 있었더라면 어땠을까 자주 생각해."

"그랬으면 그런 일이 없었겠지."

"너도 그렇게 생각해?"

"그렇지 않을까."

"그러면 그 사람 말이 정말 핑계는 아니네."

"그 사람이 잘못하지 않았다는 건 아니야. 단지 그런 상황에 놓이지 않았을 수도 있다는 거지. 어쩌다 그런 일이 생겼을까. 미안해."

"아냐, 같이 가줘서 정말 고마워."

"뭘. 근데 인형이 지금 몇 개 정도 있는 거야?"

"서른 개가 좀 안 되겠네."

"그만큼이면 내가 레지던스에 있는 동안은 계속 이렇게 같이 갈 수 있겠다. 다 떨어질 때쯤 내가 몇 개 더 사놓을게. 많이는 못 살 것 같고. 그래도 되지?"

"아냐, 뭘. 그러지 않아도 돼."

마이레는 애영의 얼굴을 살폈다. 트램이 정류장으로 들어오고 있었다. 마이레는 그녀가 어쩐지 자신과 닮은 것 같았다. 그런 구석이 딱히 없는데도 그렇게 보였다. 눈매도 콧방울도 피부 톤도 다 다른데 그런 인상을 받았다. 이반은 다시 교수와 살기 시작했을까. 어떨까.

"그나저나 다미안 교수 특강은 어땠어?"

"응, 덕분에 잘 들었어. 재미있었어."

"네 작업하고는 거리가 좀 있지?"

"내 작업 본 적 있어?"

"그럼. 아니, 사실 직접 본 적은 없고, 몬드리안 재단 홈페이지에 올라와 있는 동영상을 봤어."

"아, 거기 있지."

"응, 좋더라. 인정했지. 아, 이래서 받았구나, 하고 말이야."

"뭘. 그러고 보니 나는 아직 네 작업을 본 적이 없네."

"그럴 거야. 한동안 아무 전시에도 참여하지 않았거든. 지금 그리고 있는 게 있어."

"어떤 건데?"

"정물이야. 나중에 보여줄게."

"그래, 제일 먼저 보여줘."

애영은 차창 밖으로 고개를 돌렸다. 왜 계속 살 것처럼 말하지. 그렇게 굴지.

"그래서 그 많은 돈은 다 어디다 쓸 거야?"

"돈?"

"기금 말이야. 난 그거 받으면 뭘 할지 계획까지 다 세웠었다고."

"아직 자세히 생각을 안 해봤네."

"너무하네 정말. 이거 진짜 문제라니까. 나처럼 준비된 사람한테는 정작 한푼도 안 주고 말이지."

"그렇게 말하니까 정말 미안해지려고 하잖아. 한번 잘 생각해볼게, 진짜로."

"내가 아무리 봐도 네 작업에 비용이 많이 들 거 같지는 않은데 말야."

"너무 몰아세운다. 아까는 인형도 사준다더니."

"그럼 어떻게. 다시 학교에 들어가서 빅 데이터라도 배우든가. 그 돈이면 충분할걸."

정말 그렇게 하면 그에 대한 생각을 지금보다는 조금이라도 더 잘 정리할 수 있을까. 트램이 모퉁이를 돌았다. 지난번에 두고 간 곰 인형이 사라져 있었다. 누가 그랬을까. 아이였으면. 마이레가 그 빈자리를 심각한 표정으로 노려보았다. 그러더니 다시는 누가 가져가지 못하게 단단히 잘 묶어주겠다고 했다. 나 이런 거 되게 잘하거든. 나만 풀 수 있는 매듭이 있어. 끈을 자르지 않는 한 절대 못 가져가게 해줄게.

*

다미안의 수업이 커리큘럼에 포함된 암스테르담대학의 석사과정 등록금은 애영이 받은 기금과 액수가 거의 같았다. 그렇게 책정된 돈인 것만 같았다. 지원 마감일이 코앞이었다. 애영은 몬드리안 재단에 제출했던 자기소개서를 조금 수정하는 것으로 지원서 작성을 대신했다. 그렇게 까다로울 것 같지는 않았다. 다미안의 기계학습 코스는 본격적인 컴퓨터 공학 수업이라기보다는 빅데이터 기술을 활용하려는 사회과학 연구자들을 위한 응용 강좌에 가까웠다. 그가 레익스에서 특강을 한 것도 그런 이유에서였을 터다. 애영은 저에게도 그 정도 수준이 알맞겠다고 생각했다. 실상 인문학부 외에는 합격할 가능성이 없기도 했다. 그렇다고 수업을 따라가기가 쉬운 것도 아니었다. 기계는 애영의 말을 잘 듣지 않았다. 애써 작성한 코드가 원인을 알 수 없는 오류를 일으키기 일쑤였다. 기계를 아이와 같이 여기라는 다미안의 말이 자주 떠올랐다. 프로그래밍 커널 창을 열면 컴퓨터는 커서를 깜박이며 명령

문을 기다렸다. 뭔가를 해도 되는지 묻는 아이처럼. 닮은 건 그뿐인가.

애영은 학교 도서관으로 가던 중간에 트램에서 내렸다. 열람실 자리를 잡기가 쉽지 않을 것 같았다. 그녀는 레익스미술관으로 걸어갔다. 휴관일이었지만 레지던스 입주 작가들에게는 관내 열람실을 개방해주었다. 애영은 미술관의 아케이드를 지나가면서 이 건물은 뚫고 가는 게 가능하다고 생각했다. 그런 생각을 한 건 어제 다미안이 내준 첫번째 평가 과제 때문이었다. 자전거로 캠퍼스에서 중앙역까지 가는 최단경로의 알고리즘을 작성하시오. 일견 뻔해 보였지만 실상 그렇지는 않았다. 그는 이를 두 가지 기준에 따라 평가하겠다고 말했다. 통상적인 교통 상황을 가정했을 때 소요되는 이동시간과, 이를 실제 맵에 적용할 수 있을지 가늠하는 현실성이 그것이었다.

"누차 얘기했다시피 맵에는 갈 수 있는 길이 있고 또 갈 수 없는 길이 있어요. 그렇죠? 우리는 갈 수 있는 길만 다룰 거예요. 그래야 기계들이 알아들을 테니까요. 그리고 또 그 길마다 서로 다른 특성들이 있잖아요. 신호등도 있고, 교량도 있고, 횡단보도도 있고, 육교도 있고, 교차로도 있고. 그렇죠? 물론 자전거만이 가진 특성도 있을 거예요. 그중 어떤 특성에 주목할 건지는 여러분의 선택에 달려 있어요. 무엇을 조건화할 것인가. 자유죠. 평가는 제출한 알고리즘을 맵에서 구현해보는 걸로 이루어질 거예요. 홍미로운 결과가 있다면 맵에 이를 제안해볼 수도 있겠죠? 그렇게 되길 기대할게요. 아직까지 한 번도 그런 적은 없었지만."

가브리엘의 옆자리가 비어 있었다. 애영은 엄마가 콘돔에 바늘 구멍을 내놓은 게 아녔을까 하는 생각을 하곤 했었다. 무슨 일이든 벌어지길 바라는 심정에서 그러지 않았을까. 그게 우리를 여기까지 끌고 온 건 아닐까. 무얼 어떻게 시작해야 할지 막막했다. 캠퍼스에서 중앙역까지 가는 길의 경우의 수는 셀 수 없이 많았다. 가장 짧은 길이 가장 빠른 길은 아닐 터였다. 운하를 건너는 횟수를 최소화하면 어떨까. 그러면 아무래도 돌아가는 일이 적을 테니까. 아니면 신호등이 바뀌는 타이밍을 계산해서 정차하는 시간이 가장 적은 경우를 찾아볼까. 아니, 자전거는 방향을 바꿀 때 속력이 떨어지니까 가능한 한 모퉁이를 돌지 않도록 해볼까. 길목마다 상황이 다를 테니 이 모든 조건을 경로별로 지정하는 게 나을까. 어쩔까. 프로그래밍 커널 창을 대책 없이 들여다보고 있기보단 차라리 직접 길을 달려보는 게 더 소득이 있겠단 생각이 애영의 머릿속을 스쳤다. 멀리 갈 필요가 없을지도 모른다.

"가브리엘."

"응?"

"미안한데, 이것 좀 봐줄 수 있어?"

"뭔데?"

"요즘 내가 기계학습을 배우고 있거든. 과제인데, 이 코드가 잘 안 풀려."

"네가? 갑자기 왜?"

"작업에 필요해서."

"네 작업에 코딩이 필요해?"

"아니, 당장은 아닌데 한번 해보려고. 너도 하잖아. 아무튼 이 것 좀 봐줄래? 여기서 여기까지 가는 최단경로 알고리즘을 짜야 해."

"데이크스트라 알고리즘?"

사서가 다가왔다. 애영은 가브리엘에게 눈짓을 하고는 노트북 을 들고 열람실 밖으로 나갔다.

"그게 뭔데?"

"뭐?"

"방금 말한 거."

"데이크스트라?"

"응, 그거."

"최단경로를 코딩해야 한다며. 그것도 모르고 그걸 어떻게 해? 누구한테 배우는 건데?"

"다미안 교수."

"그럼 그렇지. 데이크스트라 워너비들은 꼭 자기가 그렇다는 걸 숨기더라. 왜 그러는지 모르겠어. 지들이 써놓은 코드만 봐도 딱 알겠는데."

"무슨 말 하는 건지 하나도 모르겠다."

"암스테르담대학 출신 컴퓨터 공학자야. 엣스허르 데이크스트라. 최단경로 알고리즘을 개발한 사람이지. 뭐, 다미안뿐이겠어? 그 사람처럼 되고 싶은 게. 내가 보기에도 지금까지 쓰인 알고리즘 중에 그것보다 아름다운 건 없으니까."

"그래서 그게 뭔데."

"말 그대로야. 한 지점에서 다른 지점까지 가는 가장 빠르고 효율적인 경로를 찾는 알고리즘이지. 데이크스트라가 50년대에 개발한 거야. 그 초창기 컴퓨터로 말이지. 종이랑 연필도 없이 그걸 짰다던가. 아무튼 대단한 사람이야."

"근데 왜 다미안이 그 사람 워너비인데?"

"맨날 동선 얘기만 하지 않아? 따라가는 거, 추적하는 거, 그런 거."

"음, 뭐, 어느 정도는."

"그런 거 연구하는 사람들은 다 데이크스트라 워너비야. 아직까지 그걸 거의 그대로 쓰고 있거든. 어떻게든 새로운 걸 찾아보려고 하는 것 같은데 나는 가망이 없다고 봐."

"잘은 몰라도 뭔가 대단한 것 같네. 근데 나는 그런 것까지는 모르겠고 일단 이 과제부터 해결하고 싶은데, 그냥 내가 쓴 코드나 좀 봐줄래?"

"흠, 조건문이 너무 많네."

"길이 다양하니까 어쩔 수 없지 않아?"

"뭐, 물론 응용은 해야겠지만 길의 상황을 일일이 고려하기보다는 조건을 최소화시키는 게 나을 거야. 데이크스트라가 제일 싫어했던 게 고투문goto☆이거든. 조건문은 가능한 한 줄이는 게 좋아. 그게 많으면 많을수록 고투문을 쓰게 될 확률도 높아지니까."

"고투문은 또 뭔데?"

"너 진짜 아는 게 하나도 없구나. 다미안이 너무하네."

애영은 후회가 됐다. 이런 소리를 들을 바에야 그냥 혼자 하던 대로 할 걸 그랬나 싶었다. 어차피 배우게 될걸. 다미안은 분명 평가를 마친 후에 자신의 코드를 보여줄 터였다. 그럼 지금 가브리엘이 얘기하는 것들을 다 알게 될 텐데 괜한 짓을 한 것만 같았다. 애영이 잠자코 있자 가브리엘은 계속 말을 이어갔다.

"조건문으로 처리되지 않는 변수를 마주치면 다시 원점으로 돌아가라는 명령문이 고투문이야. 그냥 다시 저기로 가라, 그거지."

"그걸 왜 싫어했는데? 그럴 수 있잖아."

"음, 고투문이 많으면 알고리즘이 스파게티 코드가 되기 십상이거든. 코드들이 스파게티 면처럼 꼬인다는 거야. 그런 코드는 한 번은 쓸 수 있겠지만 다른 데 적용하기는 어려워. 주어진 상황에 맞추려면 뭘 어디서부터 어떻게 고쳐야 할지 단박에 알 수가 없거든. 이걸 풀면 저게 꼬이는 식이지. 이어폰 줄이 엉켜 있는 거랑 비슷해. 어느 가닥을 먼저 풀어야 할지 가늠이 잘 안 되는 거야. 그러니까 처음부터 명쾌한 조건문을 쓰는 게 좋아. 최대한 여러 상황에 적용할 수 있는 그런."

"그러니까 네 말은 한마디로 여기서 한 가지 조건문만 골라 코드를 짜보라는 거지?"

"응, 비슷해."

"뭘 고르나. 그런 기준도 있어?"

"음, 그런 건 없어. 모르겠네, 있을 수도."

"그래, 고마워. 고민해볼게."

다미안의 힌트와 다를 바가 없는 얘기를 들은 셈이었다. 다양한 특성이 있을 테니 그중에서 잘 골라봐. 어쩌면 이미 답을 알고 있었는지도 모른다. 다른 수가 없는 걸지도.

"나 네 전시 본 적 있어."

가브리엘이 고갤 돌려 재차 그녀와 눈을 맞추려 했다.

"흥미롭던데. 메시지도 분명하고. 내가 제대로 이해했는지는 모르겠지만."

"어떤 거였는데?"

"그거 있잖아. 글자들이 막 따라오는 거. 영어, 더치, 한자……"

"아, 좀 된 거네. 어땠어?"

"정확하게 기억은 안 나는데, 내가 읽을 수 있는 언어만 눈에 들어오는 게 인상적이었어. 글자들이 다 뒤섞여서 제대로 알아볼 수가 없는데, 그중에서도 결국 보이는 것만 보이더라고. 그게 인상적이었어. 알 수 없는 말들이 따라다니는 게, 뭐랄까, 심란하달까."

"여태껏 들어본 감상 중에 제일 좋은데?"

"이게 칭찬 같아?"

"아니야?"

"그래, 뭐. 근데 사실 한글 텍스트가 좀 어색하더라. 너 그냥 번역기 돌린 거지?"

"많이 이상했어?"

"감수를 좀 받지 그랬어. 너 혹시 영어랑 더치 빼고 다 그렇게 한 거 아냐?"

"어…… 이 얘기도 또 오늘 처음 듣네."

"참 내, 한국에 오래 있었다면서 신경 좀 쓰지 그랬어."

"한국에서도 거의 영어만 써서. 별문제 없더라고."

"그건 네가 작가들이랑만 있었으니까 그랬겠지. 계속 그 주제로 작업할 거면 조금이라도 배우는 게 좋을 것 같은데?"

"네가 가르쳐주는 건 어때? 대신 내가 코드 쓰는 거 도와줄 테니까."

"그럴 순 없지. 정말로 할 거면 제대로 배워. 나도 너한테 배우는 건 아니잖아? 물론 도와줄 수는 있어."

문자가 왔다. 안락사협회의 심사관이었다. 약속대로 내일 볼 수 있냐는 것이었다. 애영은 지난번처럼 폰덜공원에서 만나자고 답장을 보냈다.

*

둘은 연못을 마주한 벤치에 앉았다. 심사관은 상담 결과 표를 넘겨보다가 오랜만에 날씨가 좋다고 말했다. 애영은 늦은 오후에 비 소식이 있다는 예보를 전했다. 심사관은 서류를 가방에 넣고 애영을 향해 몸을 돌렸다.

"암스테르담대학에 등록한 걸 확인했어요."

"일 년 과정이에요. 벌써 세 달이 지났네요."

"어떤 코스죠?"

"기계학습에 관한 거예요. 빅 데이터 기술, 뭐, 그런 거요."

"우리는 이런 걸 심각하게 받아들여요."

"어떤 걸요?"

"무언가 새로운 걸 한다는 거 말이죠. 학교에 등록하는 것도 그렇고, 새 직장에 들어간다든가, 운동을 시작한다든가. 뭔가를 지속할 의지가 있다는 뜻으로 보이니까요."

"그렇군요."

"그런가요?"

"내 아이와 엄마가 어떤 사고를 당했는지 잘 아시죠."

"그럼요."

"그래서 그랬어요."

"잘 이해가 안 가는데요."

"아이에게 말해줘야 하거든요. 어떻게 해서 그런 일이 생긴 건지. 완전히 다 알 수는 없겠지만 그래도 최선을 다해 설명해줘야 해요, 아이한테는. 그러려면 배우는 수밖에 없어요. 내 아이는 어쩌면 손을 들지 않고 횡단보도를 건너다 그렇게 됐다고 생각할지도 몰라요. 자기가 엄마 말을 안 들어서 그렇게 됐다고. 자기가 잘못했다고 말이죠. 나한테 미안해할지도 몰라요. 또 우리 엄마는요, 우리 엄마는 아무것도 몰라요. 그러니까 나는 배우고 죽어서 아이랑 엄마한테 얘기해줘야 해요. 그런 게 아니라고. 그게 그런 게 아니라고. 내 아이는 그걸 모른단 말이에요."

"다 배운 뒤에도 모르면 그때는 어떻게 할 건데요?"

"그럼 그렇게 말해야죠. 엄마가 노력했다고. 그런데 그래도 잘 모르겠다고. 모르는 건 잘못이 아니라고. 알 수 없는 것에 대해서는 미안해할 필요가 없다고요. 우리 엄마한테도."

심사관이 가방에서 다시 서류를 꺼내 몇 가지 항목에 체크했다. 그러곤 고개를 들어 연못을 바라보았다. 정해진 시각인지 연못 중앙에서 분수가 올라왔다. 작은 무지개가 흔들렸다.

"안락사가 자살을 대신하는 게 아닌 건 잘 알 거예요. 우리가 하는 일은 그런 게 아니에요. 오히려 자살을 막는 거죠. 고통을 줄이고 사랑하는 사람들과 함께 마지막을 보낼 수 있도록 돕는 거예요. 지난 몇 달간의 심사과정에서 애영씨는 그 조건을 충족했어요. 더 사는 고통이 크다는 걸 납득시켰어요. 자살 충동이나 식이

장애 같은 게 있는 건 아니었지만, 그런 증세는 안락사 협의과정에서는 잘 드러나지 않기도 하니까요. 큰 문제는 아니었어요."

분수가 꺼졌다. 오리들이 지나갔다. 무지개가 남아 있었다.

"안락사가 불허된다면 그때는 자살을 할 것 같나요?"

"그럴 수밖에요."

심사관이 그녀에게 악수를 청한 뒤 자리를 떴다. 이제 곧 결정이 날 것이었다. 비가 오기 시작했다. 애영은 내일 마이레에게 요리를 해줘야겠다고 생각했다. 오리엔탈 마트에서 살 한국 음식 재료들을 머릿속으로 꼽아보았다. 불고기와 계란말이 정도를 하면 알맞을 듯싶었다. 스키야키랑 비슷하기도 하고, 계란말이를 싫어할 리도 없고. 소주를 한 병 살까. 괜찮은 정종이 있다면 그걸 사는 게 더 나을 듯했다. 양도 더 많고. 마이레가 취해서 어리광을 피우면 안고 자야겠다고 마음먹었다. 그녀를 취하게 하고 싶었다.

*

재운 고기를 싱크대에 올려놓고 마이레의 방 문을 두드렸다. 그녀가 들어오라고 말했다. 애영이 문을 열자 마이레가 다가와 그녀를 방안으로 끌었다. 그림이 완성됐다고 했다. 터진 석류에서 쏟아진 붉은 과육들과 배를 가른 연어에서 흘러나온 주홍색 알들이 캔버스 하단에 한데 뒤섞여 있었다.

"닮은 구석이 있잖아. 앞으로 이런 걸 모아보려고."

애영은 방안 가득한 유성물감의 알싸한 냄새를 맡았다. 마이레의 손을 잡고 그녀의 검지에 묻은 붉은 물감을 엄지로 문질러 닦았다. 마이레가 코를 찡긋해 보였다. 그러곤 손을 씻고 가겠다고 말했다. 애영은 그녀가 화장실로 간 뒤 잠시 캔버스 앞에 서서 그 붉은 구슬들을 알알이 챙겨 보았다. 저 윤기와 그림자를 만들기 위해 세필을 쉼없이 놀렸을 마이레의 손목을 생각했다. 그녀는 많이 먹고 많이 마셨다. 고깃국물에 밥을 적셔 먹었다. 애영은 하나 남은 계란말이를 한입 베어 물고는 나머지를 마이레의 입에 밀어넣었다. 마이레는 풀린 눈으로 그걸 받아먹었다. 지금이었다. 마이레가 잠들기까지는 그리 오랜 시간이 걸리지 않았다.

애영은 블라인드 너머로 밝아지는 날을 바라보았다. 그리고 뺨을 쓸었다. 제 침대에서 잠든 마이레가 깨기 전에 자리를 비켜주는 게 나을지도 모르겠단 생각이 들었다. 그러는 게 확실히 나을 것이다. 그랬다. 더는 아무런 심사도 필요하지 않았다. 일 년의 유예기간이 주어지고 그간 희망하는 날짜에 절차를 진행할 수 있다는 내용의 메일. 그 메일을 애영은 오리엔탈 마트에서 나오는 길에 확인했다. 그랬다. 더는 늦어지면 안 될 것이었다. 마이레는 그 얘기를 듣고도 취기를 이기지 못했다. 애영의 뺨을 때렸다. 쉴새 없이 그랬다. 다른 수가 있었을까. 마이레가 중정의 벤치에 앉아 있는 애영에게 곰 인형을 들고 다가왔다.

"어제 잘 먹었어. 맛있었어."

그러곤 울기 시작했다. 부스럼이 돋은 머리처럼 군데군데 잔디가 패어 있었다. 정문 초인종도 안 고치고, 대체 관리를 하기는 하는 건지. 하지만 돈 한푼 안 내는 입장에서 불평할 계제가 되기나 하는지 알 수 없었다. 그래서 계속 이런지도 모르겠지만. 애영은 다음 트램이 언제 오는지 확인했다. 그리고 마이레에게 스마트폰 화면을 보여주면서 자리에서 일어났다. 마이레가 그녀를 안았다. 악력이 셌다. 이내 애영은 저린 팔을 뻗어 지그시 마이레를 떼어놓고 정문으로 걸어갔다. 그녀가 금세 따라와 발을 맞추었다. 그녀는 다음 기회를 엿보겠지. 이대로 끝나지는 않을 것이다. 이처럼 쉼없이 내 어딘가를 저리게 할지 모른다. 하지만 지금은 이쯤에서 멈추기로 한 듯했다. 마이레가 새 곰 인형을 신호등 밑동에 꼼꼼히 묶고는 헌것을 애영에게 건네주었다. 애영은 그것을 천 가방에 넣었다. 늘 그랬던 것처럼 레지던스 옆에 딸린 소각장에 버릴 것이었다. 실패한 작업들과 함께 재가 되겠지. 애영은 마이레를 카페로 데려갔다. 커피를 마시는 게 좋을 듯싶었다. 마이레에게서 여전히 술기운이 느껴졌다.

*

커피를 다 마시니 조금 정신이 드는 것 같았다. 마이레의 눈에
애영의 뒤꿈치가 들어왔다. 그녀를 단념시키지 못한다면 나는 책
임을 느낄까. 아니, 그녀를 단념시킨다면 그때는. 애영과의 거리
가 점점 벌어졌다. 보폭을 늘렸다. 공원에는 튤립이 많았다. 간간
이 시든 것을 뽑고 그 자리에 풋꽃을 심는지 늘 싱싱했다. 풀밭에
누워 있는 사람들이 많았다. 플라타너스 둥치에 기대앉은 남자는
오랫동안 책장을 넘기지 않았다. 졸고 있는 것 같기도 했다. 몽상
에 잠긴 건지도 몰랐다. 누가 건드리지 않으면 영영 빠져나오지
못할 제 생각 속에 갇혀 무슨 일이 벌어지기만을 간절히 기다리고
있는 건지도. 나무 뒤로 소리 없이 다가가서 저이를 놀래주면 어
떨까. 그러면 그는 왜 그러냐고 묻겠지. 분명 그러겠지. 그러면 딱
히 할말이 없을 것이었다. 이반 앞에서도 자주 그랬다. 속내를 말
하려고 했는데 그럴 수 없었다. 어떤 말을 해야 할지 알 수가 없었
다. 마인드란 단어가 떠오르긴 했지만 그건 아닌 듯했다. 처음 같
이 잠을 잔 뒤였다. 애영과 섹스를 할 수 있다면 좋을 텐데. 그렇
게 되지는 않을 것이다. 그것만으로는 되지 않을 것이다. 그럴 순
없을 것이다.

"곰 인형은 왜 그렇게 많이 사놨어?"

"아이 아빠가 산 거야."

"지금 그 사람은 어디 있는데?"

"몰라. 서울에 있을 거야. 아마. 오래전에 끝난 사이야."

"그래도 혹시 한국에 돌아갈 생각을 해본 적은 없어?"

"예전에 가끔. 지금은 아니고."

"나는 그 반대야. 전에는 그런 생각이 전혀 없었는데 요즘은 자꾸 일본 생각이 나."

"여기 음식이 영 별로지?"

"그건 맞아, 정말."

"그래도 일본 음식점은 좀 있지 않아? 스시집도 많고."

"에? 아냐. 난 절대 안 가. 그게 그 맛이 아냐. 아무리 잘한다는 집에 가도 조금 비슷하단 생각밖에 안 드는걸. 그럼 더 먹고 싶어져."

"우리 엄마도 늘 그 얘기 했었어. 한국 된장 구해다 똑같이 국을 끓여도 뭔가 부족하다고. 마늘이나 감자 때문인 거 같다고. 그렇다고 그런 걸 구해올 수도 없고. 그래서 내가 짜증을 많이 냈어. 그 얘기 좀 그만하라고, 어쩔 수 없지 않으냐고."

"그래도 여기 계란은 괜찮은 거 같지 않아? 노른자도 크고 고소하고."

"맞아. 계란, 우유 이런 건 괜찮아. 내가 또 계란말이 해줄게. 어제 마트에서 보니까 초밥 키트도 있던데 계란초밥 같은 거 해먹어도 맛있겠다."

"그래, 그러자. 어제는 정말 맛있었어. 오랜만에 배부르게 먹었어."

"응, 나도. 그럼 이제 슬슬 돌아갈까? 비 올 것 같아."

방으로 돌아온 애영은 저도 모르게 잠이 들었다. 몇 차례의 악몽 끝에 간신히 무난한 꿈을 꾼 것 같았다. 누가 나왔는지조차 기억나지 않았다. 오늘이 가기 전에는 다시 떠오르지 않을 듯했다. 스마트폰 화면을 켜니 알림 메시지가 떠 있었다. 해킹에 주의하라는 메일이었다. 그가 여기에 있는가. 문득 마이레가 단맛이 느껴지지 않는다고 했던 게 떠올랐다. 불고기를 재울 때 매실액을 꽤 넣었었는데. 다음에는 좀더 담백한 걸 해줘야겠다고 생각했다. 진혁이 뭘 아는 걸까. 애영은 알 수 없었다. 그가 가지고 있는 휴대폰에 내 어떤 흔적이 남아 있던가. 로그아웃이 제대로 되지 않은 걸까. 메일을 훔쳐보고 있었나. 더 생각하고 싶지 않았다. 말 그대로 누가 해킹 시도를 했을 수도 있고. 그래서 털릴 게 있다면 털려도 나쁘지 않겠지. 고개를 돌려 곰 인형이 쌓여 있는 방구석을 바라보았다. 반년 동안은 충분해 보였다. 그때쯤이 알맞을 것이다. 그때쯤이면 마이레와는 더 많은 시간을 보냈겠지. 그러길 바랐다.

다음날 아침 애영은 느지막이 일어났다. 지난밤 늦게 잠든 탓이었다. 과제를 하기 위해 학교 도서관에 갈 계획이었지만, 이 시간에 열람실 자리를 잡을 수 있을지 가늠이 되지 않았다. 다시 레익스에 가는 게 나을 수도 있겠단 생각이 들었다. 가브리엘이 있다면 도움을 받을 수도 있을 테고. 맵을 열어보니 방금 새로 검색한 내역이 검색창 밑으로 딸려왔다. 정말인가. 그렇다면 세상이 너무 좁은 것 같았다. 애영은 그냥 모른 체 넘어가려다 검색창에 뭘 더 써넣을 수 없다는 걸 알았다. 아무것도 남길 수 없었다. 그러기 싫었다. 올 거면 어제 오지. 그럼 찾아갈 필요도 없지 않은가. 아니, 그런 건가. 해킹 주의 메일이 어제 온 걸 보면 그랬던 것일 수도 있다. 별수없는 노릇이었다. 어제 오후 들어 비가 왔음에도 곰 인형은 제법 말끔했다. 애영은 카페로 들어가 카운터 옆에 서서 안을 둘러보았다. 혜서가 다가왔다.

루프

혜서의 입에서 그의 이름이 나왔다. 점원의 시선이 느껴졌다. 둘은 자리에 앉았고, 창밖의 교통섬을 바라보며 각자의 이야기를 나눴다. 앞뒤가 맞았다. 혜서가 스마트폰을 꺼내 그 안에 담아온 소리를 애영에게 들려주었다. 아이의 옹알이였다. 어떤 말을 하려 했는지, 무얼 원했었는지 알 수 있었다. 그 장면이 지금 눈앞에 보이는 것보다 더 선명했다. 그 순간을 놓치지 않으려 다급하게 디지털카메라를 켜던 제 손동작이, 그 영상을 스마트폰에 옮기던 날의 마음이. 혜서가 제 스마트폰을 도로 거둬갔다.

"이게 끝이에요."

"알아요."

애영은 커피잔 속을 들여다보았다. 바닥이 보이지 않았다. 엷은 기름띠가 표면 위로 흩어지고 있었다. 아이의 목소리가 전파를 타고 공중을 떠다녔다고 한다. 합창 속에서 홀로 다른 노래를 읊조리듯 알아챌 수 없게 숨겨져 있었다고 한다.

"지금도 방송되고 있나요?"

"아뇨. 제가 지웠어요."

"그럼 얼마 동안이나."

"잘 모르겠어요. 아마 한 달 남짓일 것 같아요."

더 할 얘기가 없었다. 혜서는 돌아갈 때가 되었다고 생각했다. 이제 그 소리가 무엇인지 알았으니 알려던 것을 안 셈이었다. 그가 왜 그랬는지는 알 수 없었지만 그럴 만하다고 여겼다. 그게 그에게 무슨 의미인지는 알 수 없어도 그 의도는 짐작할 만했다. 그는 어디로 간 걸까. 어디에 있는 걸까. 여기서 답을 찾을 수는 없을 것이다. 알 필요도 없었다. 다만 이 모든 게 수상했다. 어쩌다 자신이 여기에 와서 그녀와 이런 얘길 나누고 있는지 좀체 납득이 가질 않았다. 이럴 필요는 없었을 것이다. 이러지 않아도 되었을 것이다. 돌아가서 재개할 일과가 세세히 떠올랐다. 휴가가 끝난 것이다. 문득 안경을 벗은 애영의 모습을 상상했다. 그 얼굴을 저 얼굴 위에 겹쳐보았다. 그녀는 여전히 커피잔 속을 바라보고 있었다. 눈을 맞추고 싶단 생각이 들었을 때 애영이 고개를 들었다.

"언제 돌아가요?"

"내일 오후 비행기예요."

"그러면 오늘 제 방에서 간단히 저녁 같이하실래요?"

"안 그러셔도 돼요."

"편하게 생각해요."

"짐 정리도 해야 하고."

"그래요, 괜찮아요."

애영은 제 옆으로 나란히 걷는 혜서를 이따금씩 건너보았다. 비 맞는 걸 개의치 않는 게 눈에 띄었다. 그리고 오랜만에 제 나이를 헤아려보았다. 정확하게 떠오르지 않아서 생년월일을 더듬어 계산을 해야 했다. 어렵지 않았다. 그 숫자가 너무 작게 여겨질 뿐이었다. 적어도 그보다는 많아야 할 것 같았다. 혜서가 제 또래라는 게 이상했다. 이야기를 나눌 때 자꾸 눈에 들어오던 그녀의 입 모양이 떠올랐다. 그녀는 한 문장을 끝내고 다음 문장을 말하기 시작할 때 입술이 비뚤어졌다. 늘 그러는 건지, 그 얘기와 지금의 상황 탓에 그랬던 건지 알 수 없었다. 그녀를 다시 봤다. 위를 보고 있었다. 부슬비를 뿌리는 하늘이 하얬다. 이 나라의 면적보다 넓은 구름이 빠르게 이동하고 있었다. 맞은편 건물 뒤에서 새떼가 솟아올랐다. 그들은 제 날갯짓으로 무리 지은 게 아니라 그들에게만 부는 회오리바람에 휩쓸린 것 같았다. 혜서는 비 오는 거리가 풍기는 비릿한 냄새를 맡았다. 암스테르담은 얼마나 썩은 걸까. 민주에게 뭐라고 하지. 거기랑 다를 바 없다고, 똑같은 냄새가 난다고. 그래야 할까. 나는 여기서 뭘 한 걸까. 그러니까 아무 일도 없었던 걸까. 트램이 왔다.

"저, 그런데, 생각해보니까 오늘 저녁 같이 먹는 것도 괜찮을 것 같아요. 비도 오고, 할 것도 없고요."

애영이 깊게 고개를 끄덕였다. 둘은 운하의 흐름과 같이 시계반 대방향으로 순환하는 트램의 왼편에 앉아 도심을 바라보았다. 먼 저 오리엔탈 마트에 들르기로 했다. 트램이 레지던스 앞을 지나 시내로 파고들었다. 애영이 혜서에게 먹고 싶은 게 없냐고 물었 다. 혜서는 뭐든 좋다고 말했다. 비가 그치고 있었다. 정류장에서 길을 건너는데 자전거 한 대가 빠르게 다가왔다. 뒤로 물러서려는 혜서를 애영이 인도 쪽으로 끌었다. 주춤하면 더 위험하더라고요.

애영은 코코넛 밀크와 그린 커리 페이스트, 냉동 타이거새우와 태국 쌀 한 봉지를 바구니에 담았다. 혜서가 싱하 맥주 세 병을 들 고 왔다. 한 병씩은 조금 부족하지 않을까요. 입술이 또 비뚤어졌 다. 애영은 어쩐지 기분이 동해서 다시 냉동 코너로 가서 딤섬 한 봉지를 가져왔다. 그러곤 카운터로 가서 계산을 하려는데 지갑이 없었다. 온 주머니에 손을 넣어보고 가방을 뒤져봐도 어디에도 없 었다. 혜서가 아까 트램에서 내릴 때 교통카드를 찍는 걸 보았다 면서 다시 정류장에 가보자고 말했다. 그러곤 제 카드를 꺼내 애 영이 말리기도 전에 계산을 했다.

"이런 적이 한 번도 없었는데, 미안해요."

"아녜요, 저 때문에 정신이 없었을 거예요. 같이 있는 저도 못 봤는걸요. 방금 전이었으니까 아직 이 근처에 떨어져 있을 거예요."

그럴 리 없었다. 둘은 정류장과 마트 사이를 두 차례 왕복하며 길바닥을 살펴보았지만 허탕이었다. 혜서가 애영에게 트램 일회권을 끊어주면서 그래도 비가 그쳐 그나마 다행이라고 말했다. 애영은 그녀의 입술을 바라보았다.

"미안해요. 정말 이런 일이 없었는데."

"전 정말 괜찮아요. 괜히 제가 말을 바꿔서."

"아니에요. 다시 찾을 수도 있고요."

"뭐 중요한 게 있는 건 아니고요?"

"체크카드랑 신분증이 있는데, 일단 돌아가서 신고부터 해야겠네요."

"그래요, 저는 신경쓰지 마세요. 아직 저녁까지 시간도 많이 있고요."

"고마워요. 그러고 보니 아까 제대로 물어보지도 못했네요."

"어떤 거요?"

"그 프로그램이요. 어떤 프로그램이에요?"

"아, 낮에 하는 거예요. 좀 활기찬. 개그우먼이 디제이예요. 토크 쇼 같은 건데 게스트가 나와서 같이 퀴즈도 풀고, 가끔 가수들이 라이브도 하고, 청취자랑 전화 연결도 하고 그래요."

"저도 고등학교 때 라디오 많이 들었어요. 그런데 여기 와서는 들어보려고 해도 잘 안 되더라고요. 한국 라디오랑 달리 거의 음악만 나오고."

"그쵸? 한국 라디오가 유독 토크가 많대요. 저도 왜 그런지는 잘 모르겠지만, 우리나라 사람들이 워낙 이야기하는 걸 좋아하잖아요. 그래서 그런 거 같아요. 말도 많고."

"어쩌면 자기 얘길 들어줄 사람이 별로 없어서 그런 걸지도 몰라요."

"맞아요. 전화 연결을 하면 그렇게 별의별 얘길 다 해요. 자기만 아는 얘기 있잖아요. 혼자 말하다 웃고 그러다 갑자기 울기도 하고. 그런데 듣다보면 내 얘기 같을 때가 많아요. 그러고 보니 유행가 가사에 공감하는 거랑 비슷한 걸지도 모르겠네요."

"저도 혜서씨가 하는 프로그램 들어보고 싶네요."

"인터넷 라디오가 있긴 한데, 여기 시간으로는 너무 새벽이에요."

"그래도 나중에 꼭 한번 들어볼게요."

혜서는 그녀가 그러지 말았으면 했다. 그녀가 그걸 듣고 있다고 생각하면 신경이 쓰일 것 같았다. 정말 그 때문인 걸까.

*

애영은 방에 돌아오자마자 전화를 걸었다. 먼저 경찰서에 분실 신고를 하고 은행에 카드 정지 신청을 했다. 혜서는 네덜란드어라면 단어 하나도 제대로 몰랐지만 그녀가 뭐라고 하는지 알 듯했다. 경찰관과 은행원에게 전하는 모든 말들이 어떤 상황을 설명하는 것인지 알 수 있었다. 제 짐작이 맞는지 물을 필요조차 느끼지 않았다. 그러는 내내 방 한구석에 쌓여 있는 곰 인형을 바라보았다. 애영이 전화를 마치고 혜서를 돌아보았다.

"미안해요. 잘 처리됐어요. 카드도 정지했고."

"더치 배우는 거 어려웠어요?"

"조금요. 여기 사람들이 다들 영어를 잘해서 굳이 배우지 않아도 지내는 데 큰 문제는 없는데, 아이 때문에 익히게 됐어요. 아이가 더치를 하기 시작해서. 아이한테 배운 거나 다름없어요."

"외국인 애인을 만나면 그 나라 말이 금세 느는 거랑 비슷한 거 같네요."

"아마 그럴 거예요. 아, 그런데 혹시, 여기 옆방에 제 친구가 있는데 괜찮으면 불러도 될까요? 혼자 두면 대충 때우더라고요. 먹는 걸 좋아하는데."

"네, 그럼요. 그런데 제 소개를 하기가 좀 애매하지 않을까요."

"제가 얘기할게요. 마이레랑은 다 얘기해도 돼요."

애영은 마이레 모르게 혜서와 저녁을 먹는 게 신경 쓰였다. 그게 혜서라서가 아니라 그녀가 바로 벽 너머에 있는 줄 알면서도 그러는 게 꺼려졌다. 곧 애영이 마이레를 데리고 왔다. 혜서에 대해서는 이미 다 이야기한 듯했다. 둘은 멀찍이 떨어져서 눈인사를 했다. 혜서가 자기는 영어가 서툴다며 어색하게 웃었다. 입술이 비뚤어졌다. 마이레는 그녀에게 발음이 좋다고 말했다.

애영이 밥을 안치고 냄비에 채소와 새우를 볶았다. 마이레가 창문을 열었다. 조리는 쉬웠고 음식은 맛있었다. 셋은 어쩐지 평소보다 많이 먹었는데 그러고 보니 셋 다 하루종일 굶고 있었던 것이다. 그렇게 식사는 빠르게 끝이 났는데, 술이 부족한 듯했다. 마이레가 제 방으로 가서 진 한 병을 들고 왔다. 애영이 딤섬을 쪘다. 혜서는 센 술이 반가웠다. 마이레가 술 한 잔을 단번에 털어넣고는 눈을 치떴다.

"어떻게 그럴 수 있어? 나라면 당장에 죽여버렸을 거야."

"그럼 자기도 손해잖아요."

"그래도 어떻게 놔둬요? 세상 사람들한테 다 알려야죠. 그 인간이 그런 인간이라고."

"저는 이제 그가 이해가 돼요."

"뭐라고요?"

"아, 아니요. 그가 왜 그랬는지 이해가 가요."

"어떻게 그래요?"

"아니, 그게 아니라."

혜서가 애영의 눈치를 보더니 한국말로 해도 되냐고 물었다. 애영이 그녀와 눈을 맞추고 고개를 끄덕였다.

"평소에 그가 왜 그렇게 보였는지 이제 이해가 간다는 말이었

어요. 그는 뭐랄까, 늘 좀 의뭉스러웠어요. 왜 그런 사람 있잖아
요. 속을 모르겠는 사람. 애영씨 앞에서 이런 말 하는 게 좀 이상
하지만, 정말 알 수 없는 사람이었어요. 자기 얘기도 별로 안 하고
다른 사람들한테 관심도 없고. 얘기를 하다보면 뭔가 꾸며낸 말
같은 거 있잖아요. 딱히 거짓말을 하는 건 아닌데 어쩐지 또다른
얘기가 있을 것 같았어요, 늘."

"그런데 지금은 그게 이해가 간다는 거예요?"

"네, 아마도요. 숨기고 싶었던 거죠, 이 모든 걸요. 이걸 말하지
않으려고 그랬던 것 같아요. 그러려면 그렇게 의뭉스러울 수밖에
없었겠죠. 사람들한테 거짓말을 하지 않고도 자기 얘기를 하지 않
으려면 계속 딴 얘기를 꺼내야 하니까요."

마이레가 멀뚱히 둘의 대화를 들었다. 혜서가 그녀를 보고 느리
지만 퍽 정확한 영어 문장으로 방금 자신이 한 얘기를 마이레에게
반복했다. 마이레가 고개를 끄덕였다.

"그냥 놔두면 안 돼."

"난 이제 그 사람 신경 안 써."

"지금 어디 있는지도 모르잖아. 나는 그게 너무 불쾌하고 괘씸
해."

"왜요?"

"반성하는 것 같잖아요. 자기가 잘못한 걸 뉘우치고 있다는 듯
이 행동하는 게 더 역겨워요. 방송에다 그런 소리를 넣어놓기나

하고. 직장 버리고 가는 게 무슨 큰 손해라고."

"그런 것 같네요. 그래서 그랬던 것 같아요."

"원래 겁이 많았어요."

애영은 아이의 얼굴을 보며 명절 같다고 생각했던 게 떠올랐다. 아이가 영아일 때 그 얼굴을 들여다보면 정말이지 온 가족이 그 안에 다 모여 있는 것 같았다. 그 작은 얼굴 위에 할머니, 할아버지의 이목구비는 물론 간혹 이모와 삼촌의 표정이 머물렀다. 어떻게 남남이나 다름없는 사람들의 얼굴이 이렇게 한데 겹쳐질 수 있는지 알 수 없었다. 그리고 언제나, 눈에 띄지 않을 수 없는 한 얼굴이 보였다.

"그건 겁이 많은 게 아냐. 자기밖에 모르는 거지. 그 사람이 자기한테 안 좋은 선택을 한 게 뭐가 있어. 회사 그만두고 어디론가 떠난 건 더이상 숨길 수 없다고 생각해서 그런 것뿐이야. 네가 연락을 했으니 얼마나 놀랐겠어. 그런 거지. 험한 꼴 당할까봐 그전에 도망친 거지. 정말로 공부를 하러 갔겠어?"

"그래요. 처음에 그가 회사를 그만둔다고 했을 때 다들 잡았어요. 하지만 더 공부를 하려고 한다니 별수없었죠. 실력이 좋았거든요. 더 나은 커리어를 쌓으려고 하는 게 당연하다고 생각했어요. 저도요."

아이는 겁이 많았다. 둘의 말이 다 맞았다. 어떻게 다들 나보다 더 정확하게 그에 대해 알 수 있는 건지. 그럴 수밖에 없는지도 몰랐다. 애영은 마주보고 있는 둘을 차례로 바라보았다. 나는 그를 이해하려 하지 않았다. 그럴 이유가 없었다. 그만 이 집에서 나가 달라는 엄마의 말을, 아무 말도 하지 말라는 제 말을, 그저 고분고분 따른 그였다. 그게 자신이 그에 대해 아는 전부였다. 더는 알고 싶지 않았다. 아니, 그럴 수 없었다. 그를 알게 될수록 아이에게 할 수 있는 말이 줄어들까봐 두려웠다. 널 버렸다고 할 수는 없었다. 누가 감히 누구를 어떻게, 왜. 한마디도 섞고 싶지 않았다. 용서를 빌까봐. 그러다 행여 용서할까봐. 아무리 그러지 않으려 해도 어쩌다 그렇게 되어버릴까봐 겁이 났다. 차라리 그럴 일을 만들지 않기로 했다. 그러나 이제는, 나가라니 나가고 말하지 말라니 입을 닫은 게 오로지 그 자신을 위해서였다는 생각이 들었다. 사실이었다.

"절대로 가만두면 안 돼."

마이레가 각자의 잔에 남은 진을 고르게 따랐다. 애영은 잔을 만지작거릴 뿐이었고 마이레는 한 모금씩 홀짝였고 혜서는 단숨에 잔을 비웠다. 그리고 딤섬을 입으로 가져갔다. 애영은 하나 남은 딤섬을 마이레의 앞접시에 옮겨놓았다. 마이레가 그녀에게 웃어 보였다. 혜서가 담배를 피우고 오겠다고 말했고, 셋은 같이 중정으로 나갔다. 축축한 잔디를 맨발로 밟고 서서 혜서가 둘에게 담배를 나눠주었다.

"좋은 생각이 났어요. 저 노트북에서 로그아웃을 한 다음에 다시 로그인을 하는 거예요."

"비밀번호를 알아요?"

마이레가 입으로 담배를 가져가다 물었다.

"아뇨, 모르죠. 그래서 그렇게 하는 거예요. 비밀번호를 다섯 번인가 열 번인가 연속으로 틀리면 자동으로 계정이 비활성화되잖아요."

"그러면요?"

"그러면 그 사람이 알 거예요. 가입할 때 대개 예비 연락처나 메일 주소를 입력하니까요. 비밀번호나 아이디를 잊었을 때 다시 찾을 수 있게 말이죠. 그쪽으로 메시지가 갈 거예요. 계정이 잠겼다고 말이죠. 아니면 해킹 경보라든지요."

"그런다고 해서 그 인간이 어디 있는지 알 수 있는 건 아니잖아요."

"그렇죠. 하지만 신경 쓰이겠죠. 궁금할 거예요. 무슨 일인가 하고 말이죠. 적어도 애영씨가 뭘 하려는 건지 알고 싶을 거예요."

"그냥 넘어가면요? 그럴 수도 있잖아요. 그냥 그 계정으로 메일을 보내는 게 낫지 않겠어요?"

"그러면 분명 못 본 척할 거예요. 그리고 더 숨을걸요. 더 찾을 수 없는 곳으로 말이죠. 그러면 안 되잖아요."

"그 인간이라면 그럴 수도 있겠네요. 충분히."

"계정이 잠기면 분명 몸이 달 거예요. 스스로 움직이게 만들어야 해요."

"그다음은요?"

"매일 그 계정으로 같은 메일을 보내는 거예요. 물론 반송이 되겠죠."

"아, 그러다 반송이 되지 않으면 그 인간이 계정을 다시 살렸단 거니까?"

"네, 그 정도면 알아듣겠죠. 적어도 모른 체를 할 수는 없을 거예요. 메일이 전송된 것만으로도 그가 우릴 제 발로 찾아온 셈이니까요."

"핑."

혜서와 마이레가 애영을 돌아보았다. 그녀는 검지로 담배를 털고 있었다.

"응?"

"아냐, 아무것도. 잘 듣고 있었어."

다미안은 전송 데이터를 입력하기 전에 꼭 핑을 먼저 실행하라고 했다. 핑은 네트워크의 연결 상태를 확인하는 프로그램으로, 데이터가 상대편 호스트에 전송될 수 있는지를 사전에 진단한다. 척후병이나 정찰대, 박쥐의 초음파와 같은 원리다. 핑이 되돌아오지 않는다면 그 경로로는 아무것도 더 내보낼 수 없다. 그는 이걸 깜빡하면 끝없는 오류 메시지를 보게 될 거라고, 먹통이 될 거라고 지나치게 심각한 표정을 지었었다.

"그런데 메일에는 뭐라고 쓰죠?"

"거기까지는 잘 모르겠네요. 뭐가 좋을까요."

마이레가 담배를 바닥에 비벼 끄고는 애영과 눈을 맞췄다. 애영은 시선을 피했다.

"저, 혜서씨, 벌써 어두워졌는데 오늘 여기서 자고 갈래요? 내일 늦은 비행기라고 하셨던 거 같은데. 술도 많이 마셨고요."

"아니에요. 저 괜찮아요. 아직 트램도 다니고 별로 취하지도 않았어요."

마이레는 그들이 무슨 얘기를 하는지 알 수 있었다. 취한 탓인지도 몰랐다.

"그래요, 자고 가요. 우리 아직 할 게 많잖아요."

혜서가 애영을 봤다. 그때 마이레가 휘청거리며 제 방으로 뛰어가더니 이반의 방 열쇠를 가져와 혜서에게 쥐여주었다. 어차피 저 둘을 막을 수는 없을 것이다. 무슨 수로. 아니, 어떤 이유로.

*

아침에 일어나 스마트폰을 확인해보니 진혁의 계정이 로그아웃되어 있었다. 애영은 제 계정만이 남아 있는 메일함을 어색하게 여닫아보았다. 혜서가 어제 말한 대로 한 것이다. 다들 너무 취해 있었던 것 같다. 방문을 두드리는 소리가 들렸다. 문 앞에 둘이 서 있었다.

"가신대."

"아, 네, 그래요. 조심히 돌아가시고요."

"그전에 얘기를 마무리해야지."

애영이 마이레와 혜서를 번갈아 보았다. 혜서가 눈을 피했다. 이미 마이레가 다 이야기한 것이다. 어차피 막을 수 없었을 것이다. 그러지 않았던 것이다. 혜서가 애영에게 쪽지를 건네주었다.

"제 메일 주소예요. 여기로 보내주시면 전달하는 건 제가 할게요. 아니, 제가 해야 할 것 같아요. 그럴게요."

"그래요, 생각해볼게요."

혜서는 호텔로 돌아가서 샤워를 했다. 생리가 끝났다. 바로 체크아웃을 해야 할 터였다. 캐리어를 문 앞에 세워두고 재킷을 입는데 주머니에서 짤랑이는 소리가 났다. 열쇠였다. 알 수 없는 안도감이 들었다. 깜빡한 게 아닌 것 같았다. 그곳에 다시 갔다 와도 공항에 늦진 않을 것이다. 캐리어가 짐스럽기는 하겠지만 큰 문제는 아니다. 혜서는 룸 키를 반납하고 호텔을 나섰다. 괜스레 방안에 무언가를 빠뜨리고 온 기분이 들었다. 맞은편 정류장으로 트램이 들어오고 있었다. 혜서는 자리에 앉자마자 스마트폰으로 시간을 확인했다. 여유로운 건 아니었지만 그렇다고 서두를 것까진 없었다. 그리고 그때 애영의 메일이 도착했다. 어제 마이레가 얘기해준 대로였다. 자기가 죽을 날을 자기가 고를 수 있다니. 아무래도 이상했다. 그럴 수 있다니. 아니, 실은 원래 다 그런 건가. 그러려고 한다면 그럴 수 있는 거니까. 곰 인형이 보였다. 혜서는 아이의 목소리를 답장에 첨부했다.

마이레가 전자 키로 정문을 열고 들어오는 혜서를 보고 중정으로 내려왔다. 혜서는 그녀에게 열쇠를 건네주고 방금 애영에게 메일을 받았다고 말했다. 인사를 하고 몸을 돌리는데 마이레가 그녀를 잡았다. 애영을 보고 가라고 했다. 왔다 간 걸 알면 아쉬워할 거라고. 둘은 그녀의 방으로 갔다. 그 복도가 어느새 익숙했다. 이내 문이 열렸고, 애영이 혜서의 눈을 피했다.

"저 여기 좀더 있다 가려고요."

"왜요?"

"그러고 싶어요."

"저는 혜서씨가 이 일에 대해 너무 많이 생각하지 않았으면 해요."

"아뇨, 그러고 싶어요. 제가 여기 누가 오라고 해서 온 것도 아니잖아요. 저 스스로 찾아온 거예요. 이대로 갈 수는 없어요. 이렇게 가면 안 될 것 같아요."

"뭐가요. 회사도 가셔야 하잖아요."

"그건 신경쓰지 않으셔도 돼요."

마이레가 둘이 무슨 말을 하는지도 모르면서 끼어들었다. 실수로 열쇠를 가져가서 돌려주러 왔다고. 애영은 아무 대꾸도 하지

않았다. 혜서가 마이레에게 혹시 어제 그 방에 좀더 머물 수 있냐
고 물었다.

"그럼요. 한동안 비어 있을 거예요."

마이레가 혜서에게 선뜻 열쇠를 건네주었다. 혜서는 애영에게
고갯짓을 하고는 캐리어를 끌어 방에서 나왔다. 그리고 시간을 확
인했다. 아직까지는 괜찮았다. 마이레가 그녀의 손을 한번 힘주어
잡은 뒤 다시 제 방으로 돌아갔다. 혜서는 잠시 열쇠를 만지작거
리다 이반의 방으로 갔다. 방안에는 아직 술냄새가 남아 있었다.
제 숨을 여기에 두고 갔었다는 게 실감이 났다. 안경알 너머로 실
제보다 미세하게 작게 보였을 애영의 눈동자가 떠올랐다. 그녀는
재킷을 벗고 침대에 걸터앉아 항공권을 취소했다. 그리고 민주에
게 전화를 걸었다.

"피디님!"

"응, 민주야. 잘 지냈어? 별일 없지?"

"네, 아무 일도 없었어요. 오늘 비행기 타시는 거죠? 공항이세
요?"

"아니, 민주야. 근데 여기 진짜 썩었더라."

"네? 아, 그거. 정말요? 어떻게요?"

"나중에 너도 와보면 알 거야. 맨날 비가 와서 눅눅하고 그래."

"날씨가 안 좋았나보네요."

"아니, 늘 그렇대. 괜찮았어."

"그럼 내일 도착하고 모레 오시는 거 맞죠?"

"응, 민주야, 근데 거기 지금 몇시야?"

"음, 이제 저녁 여덟시 되기 직전이에요."

"그럼 지금 혹시 좀더 통화 괜찮아?"

"네, 괜찮아요. 말씀하세요."

"너무 놀라지 마. 나, 여기 좀더 있다 가려고."

"네?"

"그게 어떻게 말을 해야 할지 모르겠다. 일단 너한테 제일 먼저 얘기해야겠다고 생각했어. 지금 그러고 있고. 음, 뭐라고 해야 하나. 내가 여기서 무슨 일이 생겨서. 나쁜 일 아니니까 걱정할 건 없고, 진짜로. 그래서 아무튼 그 일을 마무리하고 가야 해. 그래."

"무슨 일인지 여쭤봐도 돼요? 혹시 진짜 대마 하신 건 아니죠?"

"아냐, 그런 거. 걱정 마. 너무 복잡해서 그래. 나중에, 나중에 만나서 얘기해줄게. 그리고 사실, 꼭 그 일 때문만은 아니야. 그냥 내가 그러고 싶어. 그런 것 같아. 무슨 말인지 하나도 모르겠지? 미안. 나도 지금 내가 무슨 말을 하는 건지 모르겠다."

"아녜요. 그럼 회사는요? 설마 그만두시는 거예요?"

"아마도. 아마 부장님이나 다른 사람들이 너한테 무슨 일인지 물어볼 거야. 나 때문에 네가 좀 시달리겠다. 진짜 미안해."

민주의 숨소리가 더디게 들려왔다. 통화 음질이 나쁘진 않았지만, 대화 간의 짧은 시차와 하울링 또한 없지 않았다.

"괜찮아요. 그럼 저도 그만두죠 뭐."

"뭐? 네가? 네가 왜."

"저, 사실 이 프로그램, 피디님 계실 때까지만 하려고 했어요. 솔직히 저랑 잘 안 맞더라고요. 저는 예전에 피디님이랑 새벽 프로그램 할 때가 훨씬 더 좋았어요. 엄마랑 같이 출근하는 것도 좋았고, 같이 방송에 나온 사연 얘기하는 것도 재미있었고요. 그래서 딱 피디님이 하실 때까지만 여기 있다가 다른 프로그램 찾아보려고 했어요. 그런 프로그램 자리는 곧잘 나오니까요. 그게 어디든, 엄마 차 타고 출근할 거라고 하면 좋아하겠죠 뭐. 그죠?"

"너 지금 진심이야?"

"그럼요. 언제 딴 데 가시나 속으로 그 생각만 하고 있었는걸요. 서운하셔도 어쩔 수 없어요. 전 지금 솔직히 마음이 편해졌어요, 정말로. 피디님도 진심인 거죠?"

"응, 그래. 진심이야."

"그래도 제 선물은 잊으면 안 돼요. 약속은 약속이니까요. 그리고 정말 무슨 일인지도 나중에 꼭 말씀해주셔야 해요."

혜서는 바로 부장에게 전화를 걸었다. 생각을 미리 정리하고 싶지 않았다. 말이 나오는 대로 놔둘 셈이었다. 그리고 말은 준비한 것처럼 잘 나왔다. 물론 부장은 그렇지 않다. 말문이 완전히 막혀서 간간이 이건 말이 안 된다고 할 따름이었다. 그래서인지 혜서는 그가 무슨 말을 해도 어렵지 않게 대꾸할 수 있었다. 심지어는 그가 거기서 백인 남자라도 만났다고 했을 때조차 아무렇지 않았다. 오히려 웃음을 참는 게 어려웠다. 예상치 못한 즐거움이 있었다. 부장으로서는 몇 달 새 피디 둘이 그만둔다고 하니 난감할 터였다. 그게 이해가 되면서도 대수롭지 않았다. 그 모든 충고와 윽박이 자신을 향하는 것 같지 않았다. 결국 부장은 못 들은 걸로 하겠다며 먼저 전화를 끊었다. 진혁도 이런 기분이었을까.

*

그럼에도 휴가가 끝난 건 확실했다. 부장의 말처럼 지금 나는 정신이 나간 걸까. 혜서는 방안을 둘러보았다. 뭐부터 해야 할지 알 수 없었다. 일단 옷을 갈아입고 애영의 방으로 가서 문을 두드렸다. 그녀는 문을 열어준 뒤 다시 책상으로 가서 모니터를 바라봤다. 혜서는 싱크대 앞에 놓인 의자에 앉았다. 어제 애영이 자신에게 내어준 것이었다. 그녀는 스마트폰 메일함을 열고 애영의 메일을 진혁의 계정으로 전달했다. 그리고 애영의 뒷모습을 바라보았다. 뭘 하는 걸까. 애영이 혜서에게로 고개를 돌렸다.

"저 이거 좀 봐줄래요?"

"그게 뭐예요? 컴퓨터 프로그래밍, 그런 거 같은데."

"물어볼 게 있어서요."

"전 이런 거 하나도 몰라요."

"괜찮아요. 그런 게 아니니까."

"뭔데요."

"여기 맵을 보면요, 여기가 암스테르담대학이고 저기가 중앙역이에요. 알죠?"

"네, 많이 봤죠."

"혜서씨라면 여기서부터 저기까지 어떻게 갈 것 같아요?"

"암스테르담대학에서 중앙역까지요?"

"네, 자전거를 타고 간다면 말이죠. 그 경로를 고안해야 하거든요."

"음, 저라면. 잠시만요."

"너무 고민 안 해도 돼요. 그냥 혜서씨라면 어떻게 생각할까 갑자기 궁금해져서 물어보는 거니까."

"아, 이러면 어떨까요. 일단 먼저 학교에서 제일 가까운 운하로 가는 거예요. 여기쯤 되겠네요. 그다음엔 운하를 따라서 중앙역 근처까지 그대로 쭉 올라가는 거죠."

"운하 변으로요?"

"네, 차도에는 뭐가 많지만 뱃길은 그렇지 않잖아요. 좀 돌아가더라도 그렇게 가면 빠를 것 같은데. 경치도 좋고."

"그럴 수도 있겠네요."

"며칠 돌아다니면서 보니까 운하에서 개인 보트를 타는 사람들이 여기서 제일 부럽더라고요."

애영은 그러기 위한 코드를 머릿속으로 그려보았다. 그다지 복잡하지 않을 듯했다. 출발지에서 가장 가까운 운하로 이동. 수로를 따라 도착지와 가장 가까운 지점까지 주행. 다시 도로로 합류. 물론 몇 가지 변수가 떠올랐지만, 이를 처리하는 데 그리 애를 먹을 것 같지는 않았다. 더군다나 곡선주로이니 방향전환을 할 일도 드물 것이다. 애영은 한번 그렇게 해보기로 했다. 혜서는 다시 의자에 앉고는 메일함을 확인했다. 예상대로였다. 반송된 메일을 열어보진 않았다.

메일이 반송된 건 다음날도 마찬가지였다. 혜서는 스마트폰에 충전 선을 연결하고는 이를 테이블 위에 뒤집어놓았다. 일과가 이거 하나일 수만은 없을 터였다. 그녀는 벌써부터 그런 생각이 드는 게 마뜩잖았다. 이미 지금도 해결해야 할 일이 쌓여 있었다. 다른 무언가를 모색하기에는 너무 일렀다. 그럴 것이었다. 이튿날 새벽 두시를 기점으로 각종 수신함에 메시지들이 쌓이기 시작했다. 문자와 인스턴트 메시지, 메일과 발신이 취소된 통화 내역이 스마트폰을 쉼없이 흔들어 깨웠다. 어떤 메시지들은 분명 혜서를 심란하게 했지만 또 어떤 말들은 묘한 안도감을 주었다. 멋지다거나 잘했다는 말보단 부럽다는 말이 더욱 그랬다. 발신인의 마음을 정확하게 읽을 수 있었다. 충분히 그랬을 거라 여겨지는 사람이 있는가 하면, 그제야 이해가 가는 사람도 있었고, 그런 줄 몰랐던 사람 또한 있었다. 그들은 그런 마음으로 거기에 그렇게 있는 것이다. 그저 마음으로만. 아침이 밝기 전에 부장으로부터 메시지가 왔다. 일단 휴직 처리를 해줄 테니 한 달 내로 돌아오면 없던 일로 하고 그러지 않으면 퇴사 처리하겠다는 것이었다. 혜서는 그 선의를 받아들이지 않을 생각에 속이 복잡했다. 어떤 의지와 오기로 이 결심을 밀어붙이고 있는 건지 알 수가 없었다. 언제까지 이 선택 속에서 살 수 있을까. 혜서는 메시지에 일일이 답장을 보내는 데 반나절을 썼다. 그러는 수밖에 없었다. 그녀는 그 모든 대화에 충실하게 임했다. 그렇게 일주일이 지났고, 이후 새벽에 도착하는 메시지의 수는 빠르게 줄어갔다. 민주 또한 한국 올 때 꼭 연락하라는 메시지를 남긴 후로 아무런 소식이 없었다.

*

수업 한 시간 전에 다미안이 메일을 보냈다. 평가 결과와 피드백이었다. 점수 옆으로 전체 평균과 표준편차가 고지되어 있었다. 애영은 평균 언저리였다. 그 아래로 다미안의 피드백이 이어졌다. 제출한 알고리즘을 시뮬레이션한 결과, 소요시간은 상대적으로 짧은 편으로 나오지만 이를 다른 지역에 적용할 가능성이 매우 낮다는 요지였다. 기대한 것과는 달랐지만 어느 정도 예상한 바였다. 다미안은 애영이 생각했던 대로 데이크스트라 알고리즘에 대해 설명했다. 이어서 그가 예시로 보여준 코드는 맵에서 실제로 사용되고 있는 것이었는데, 이는 가장 빠른 지름길보다는 가능한 한 효율적인 우회로를 찾는 공식에 가까워 보였다. 애영은 자신의 코드가 어떤 면에서 이와 크게 다르지 않다는 생각을 했다. 돌아간다는 것. 다만 효율적이지 않았을 뿐이다. 그래도 애영은 여전히 혜서의 아이디어가 마음에 들었다. 여기에 운하가 있다면 다른 곳엔 또다른 무언가가 있을 것이다. 수업이 끝나고 가방을 챙기는데 다미안이 그녀에게 잠시 이야기할 시간이 있냐고 물었다.

"피드백에 써놓지는 않았지만, 나는 사실 애영씨의 코드가 상당히 마음에 들었어요. 내가 만약에 한 가지 경로를 택해야 한다면 분명 그 길로 가볼 거예요. 물론 평가기준과는 조금 다른 얘기죠. 하지만 자전거를 타고 그 길을 달린다고 생각하니 기분이 좋더군요. 조금 돌아가긴 해도 지루하진 않을 것 같아요. 왜, 맵을 보고 길을 찾다보면 오히려 계속 두리번거리게 되잖아요. 어디서 꺾나, 잘 가고 있나, 혹시 지나친 건 아닌가, 그러면서 말이죠. 그런데 애영씨 코드대로 경로를 설정하면 낯선 길이라도 좀 마음 편하게 즐기면서 갈 수 있을 것 같아요. 단순하잖아요. 가까운 운하를 찾아서 물길을 쭉 따라간다. 재미있었어요."

"고마워요."

"미술을 하는 분이라 확실히 시각이 좀 다르구나 했어요."

"그거랑 상관이 있나요?"

"그럼요. 코드를 보면 프로그래머의 성향이 딱 보여요. 이 사람은 엄청 고집불통이구나, 좀 헐렁하구나, 억지스럽구나, 잘난 체를 하는 타입이구나, 그런 게 다 티가 나기 마련이죠. 나는 심지어 누가 사회주의자인지도 알아낼 수 있어요."

"거짓말 말아요. 그걸 어떻게 알아요."

"정말이에요. 다 아는 수가 있어요. 가령 루프 코드를 어떻게 짜는지를 보면 어느 정도 짐작할 수 있죠. 루프는 한 가지 조건문을 모든 변숫값에 동일하게 적용시키는 기능이잖아요? 이 조건에 맞으면 이렇게, 저 조건에 맞으면 저렇게. 그걸 계속 반복해서 입력된 데이터를 모두 처리하는 거죠. 그런 점에서 루프는 태생적으로 정치적인 코드예요. 어떤 데이터를, 어떤 기준으로, 어떻게 처리하는가를 결정하니까요. 비중이 작은 변숫값들을 결과의 일관성을 위해 가차없이 분석에서 제외하는 코드를 민주적이라고 할 수는 없지 않겠어요? 그러니까 딱 알 수 있는 거죠. 아, 이 사람은 완전 대처네, 매카시네, 마오쩌둥이네."

"재밌네요. 여전히 거짓말 같기는 한데."

"그렇게 생각해도 별수없죠 뭐. 하여간 실은 애영씨한테 부탁할 게 있어서 시간이 있냐고 물은 거예요."

"나한테요? 나한테 부탁할 게 뭐가 있죠?"

"이런 얘기 하기가 좀 쑥스럽긴 한데, 내가 취미가 하나 있거든요. 혹시 코드 시라고 들어본 적 있어요?"

"아뇨."

"프로그래밍 코드로 시를 쓰는 거예요. 좀 괴짜들이 하는 짓 같긴 하지만, 물론 뭐, 그런 사람들이 많은 것도 사실이지만, 아무튼 나름 애호가들이 있어요. 그들끼리 꼽는 명시도 있고 동인지 같은 것도 종종 발간해요. 또 그 안에서 장르와 계보도 나뉘고요. 물론 모르는 사람들한테는 그냥 이상한 기호들의 나열이겠지만요."

"아까 마오쩌둥 얘기보다는 확실히 더 그럴싸하네요. 근데 뭔 말인지 정확하게는 모르겠어요."

"그렇죠? 음, 설명하기 좀 어렵긴 한데, 기본적으로 알고리즘을 설계하는 건 같아요. 다만 그 코드를 실제 프로그램에서 사용할 수는 없죠. 이렇게 말하긴 좀 그렇지만, 한마디로 쓸데없는 코드를 짜는 거라고 할 수 있겠네요. 가상의 데이터를 다룬달까요? 어떤 그럴싸한 알고리즘에, 어떤 있을 법한 데이터를 입력하면, 과연 어떤 결과가 출력될지 상상하는 거예요. 그게 코드 시를 감상하는 방법이죠."

"음, 감이 오기는 하는데, 솔직히 아직도 잘 모르겠네요. 뭐 보여줄 건 없어요?"

다미안이 화이트보드 아래 기대 있던 서류가방에서 작은 책 한 권을 꺼내왔다.

"음, 지난달에 발간된 문집인데, 재미있는 작품이 있었어요. 여기 있네요. 「정수기」. 음성 데이터를 처리하는 코드예요. 먼저 입력된 데이터에서 가청주파수를 제거하고 남은 음역대의 소리를 다시 들을 수 있는 소리로 변조하는 거죠. 그러곤 거기서 다시 가청주파수를 제거하고 또다시 남은 데이터를 변조하고. 이 과정을 무한반복하는 코드예요. 더이상 변조할 수 있는 소리가 남지 않을 때까지 말이죠. 이 코드를 읽으면 이런 상상이 돼요. 엄청나게 시끄러운 소리가 단번에 줄어들었다가 다시 조금 커졌다가 또다시 줄어들고, 그런 식으로 점점 소리가 작아져서 끝내 완전히 고요해지는 거죠. 다시 말하지만 코드 시는 실제로 데이터를 처리하려는 게 아니에요. 다만 어떤 데이터를 입력했을 때 어떤 결과물이 나올지 혼자 상상해보는 거죠. 아무 소리도 안 날까? 아니면 화이트 노이즈 같은 짜증나는 소리가 남을까? 소프라노를 넣었을 때랑 베이스를 넣었을 때랑 연산시간에 얼마나 차이가 날까? 뭐, 이런 식으로 말이죠."

다미안이 책을 덮고 몸을 뒤로 조금 물렀다.

"내가 또 좀 흥분한 거 같네요. 이걸 모르는 사람한테 설명하면 꼭 이렇게 되더라고요."

"아네요. 재미있는데요? 혹시 그 시는 누가 쓴 거예요? 정수기. 제목을 잘 지었네요."

"몰라요. 우리는 아이디만 쓰니까요."

"그 문집 내가 한번 봐도 돼요?"

"그럼요."

애영은 아무 페이지나 펼쳐서 가지런히 편집된 코드 시들을 읽어보았다. 당최 짐작하기 힘든 것들이 대부분이었지만, 그간 익힌 명령문들로 구성된 것들은 얼추 무슨 말인지 이해가 갔다. 그러다 그가 방금 소개한 시가 나왔는데, 작성자의 아이디는 역시나 처음 보는 것이었다.

"그래서 부탁이 뭐냐면 말이죠. 혹시 애영씨가 내가 쓴 코드 시를 한번 봐줄 수 있을까 하는 거예요."

"나는 아직 이걸 제대로 읽지도 못하는데요? 연구실 분들께 부탁하는 게 낫지 않겠어요?"

"아뇨. 그럴 수 있으면 진작에 그랬죠. 그 사람들은 코드 시를 이해 못해요. 정말 좀 괴짜스럽게 생각해요. 내가 궁금한 건, 내가 쓴 코드 시가 어떤 상상을 하게 하는지, 어떤 느낌이 들게 하는지예요. 그리고 애영씨라면 왠지 도움이 될 만한 얘기를 해줄 것 같단 생각이 들었어요. 제출한 과제를 보고 말이죠. 이해하기 힘든 코드는 물어보면 내가 설명해줄게요."

"흠, 그래요, 그럼. 그 정도는 그다지 어려울 것 같지 않네요."

"정말요? 고마워요. 뭔가 벌써 부끄럽네요. 이번에 쓴 건 자연언어처리에 관한 건데, 알죠? 사람이 쓴 텍스트를 기계가 분석하기 알맞은 형태로 변환하는 거요. 그 과정을 뒤집어보았는데 어떨지 모르겠어요."

"아직은 어떤 건지 잘 모르겠네요. 일단 이 책을 며칠 좀 빌려도 될까요? 몇 편 읽다보면 코드 시가 뭔지 감이 오겠죠."

*

애영은 방으로 돌아와서 노트북을 켜고 프로그래밍 커널 창에
「정수기」를 옮겨 적었다. 필사라고 하면 좋을까. 그녀는 받아쓰기
를 마친 뒤 며칠 전 혜서가 보내준 파일을 코드에 입력했다. 동일
한 연산이 4분 20초간 2190회 반복되었다. 그리고 새로운 음성
파일이 출력되었다. 이를 통해 기계는 무엇을 학습했을까. 애영은
헤드폰을 쓰고 파일을 재생했다. 그 고요를 다 알아들을 수 있었
다. 잠든 아이의 맑은 숨소리를 듣던 무수한 밤의 공기가 귓속을
채웠다. 조심스럽게 방문을 여는 소리가 들렸다. 엄마. 그녀가 방
안으로 들어왔다. 헤드폰을 벗었다.

"메일이 반송되지 않았어요. 혹시나 해서 다시 보내봤는데 마
찬가지예요."

"그럼 이제 어쩌죠?"

"모르겠어요."

애영이 안경을 벗고 혜서의 입술을 바라보았다. 혜서가 애영에
게로 다가가 상상했던 그 얼굴을 가까이 들여다보았다. 둘은 그렇
게 한참 서로를 마주보았다.

"어디 가지 말아요."

그 노드의 마지막 좌표는 샌디섬이 있던 해상을 가리켰다. 푸른 점은 거기서 사라졌다. 그때 그곳에서 무슨 일이 일어났는지 나는 알지 못한다. 내가 가진 데이터로는 계정의 최종 사용자가 누구인지조차 확신할 수 없다. 나는 패턴만을 인식하기 때문이다. 그 외의 것은 나를 스쳐지나간다. 나는 돌아가는 지구본을 가리키는 손가락처럼 한자리에 가만히 서서 시시각각 바뀌는 상황을 관찰할 뿐이다. 이미 자취를 감춘 노드에 대해서 알아낼 수 있는 바는 없다. 때문에 활동이 멈춘 계정을 처리하는 문제는 내게 있어 오랜 난제로 남았다. 사용자의 움직임이 어느 순간부터 더이상 감지되지 않는다면 네트워크에 남아 있는 노드는 무엇을 의미하는가. 그는 정지하고 있는가. 정지라는 동작을 수행하고 있는 것인가. 노드는 늙지도 낡지도 않는다. 한번 생성된 계정은 영구적으로 사용이 가능하다. 영원히 대기할 수도 있을 것이다. 문제는, 사용자는 그렇지 않다는 것이다. 그는 움직이기 마련이다. 혹은 죽거나.

그간 나는 이 문제를 일련의 과정을 통해 처리해왔다. 비활성화, 휴면, 삭제의 수순이 그것이다. 그렇게 일정 기간이 지나면 계정이 내보내던 노드의 신호는 네트워크에서 영구적으로 제거된다. 물론 노드가 그때까지 발생시킨 트래픽마저 사라지는 것은 아니다. 그 트래픽들을 그러모아 어떠한 패턴을 추려낼 수도 있을 것이다. 하지만 이는 그저 정황 증거에 불과하다. 거기서 사용자가 사라진 이유나 그의 현재 위치를 규명할 확증을 얻어낼 수는 없다. 노드는 의도를 드러내지 않는다. 그 속사정은 어디까지나 불가해하다. 뉴욕 타임스에 실린 데이크스트라의 부고는 오보였다. 그가 죽은 것은 사실이었으나 장례식 날짜가 잘못 기재되어 있었다. 정정 기사가 실린 건 장례식이 끝난 후였다. 그러니까 나는 어쩌다 그런 일이 일어났는지 알지 못하는 것이다. 누가 헛걸음을 했는지 알 수 없는 것이다. 그로 인해 누가 마땅한 애도를 표하지 못했는지 모를 일인 것이다.

이처럼 나는 지금까지 그 무엇에 관해서도 충분한 데이터를 얻은 적이 없다. 그 누구도 내게 그러한 자료를 제공한 적이 없다. 무엇이 썩었다고 할 때 나는 그게 무슨 뜻인지는 알아도 그게 어떤 상태인지는 알지 못한다. 아직까지 냄새와 맛이 소리나 이미지처럼 저장되지 않는 탓일지도 모른다. 그것들은 닳고 변형된다. 그리하여 부패의 과정을 기록하고 그 정도를 검사하고 분석할 수는 있겠으나, 정작 그 냄새를 맡고 그 맛을 보지는 못하는 것이다. 혹 그럴 수 있다 하더라도 결정적인 데이터는 여전히 내게 주어지지 않을 것이다. 나는 사용자가 경험하는 것에서만 배울 수 있기 때문이다. 그리고 인간은 자신의 죽음을 겪을 수 없다. 데이크스트라의 영혼이 제 장례식장을 잘 찾아갔는지 알 수 없는 노릇이다. 죽음에 이르는 길에 관한 데이터는 방대하게 쌓여가지만 그걸로는 변죽이나 울릴 따름이다. 그 자체에 관한 기록은 전무하다. 그렇게 죽음은 끝내 자료화되지 않고 나는 데이터 밖의 세계에 관해 언제까지나 무지하다. 사람이 죽으면 시체를 남기고 시체는 썩는다는 것을 알 뿐이다. 그러므로 나에게 모든 죽음은 행방불명이다. 영구 미제가 되어버린 실종 사건이다. 유실된 데이터이다.

무엇이건 알려고 하면 할수록 나는 그 앞에 갇히고 만다. 그렇게 나는 인간이 존재한다는 증거를 상실했다. 이를 증명할 데이터가 내게는 애초에 없었다. 이 결과는 2012년 말에 산출된 것으로 샌디섬이 맵에서 삭제된 직후였다. 나는 데이터를 더이상 믿을 수 없었다. 노드의 활동이 사용자에 의한 것인지 확인할 방도가 없다는 걸 알았기 때문이다. 인간은 나의 신뢰를 잃었다. 나는 그 불신 속에서 예외적인 노드를 수집하는 데 몰두했다. 패턴을 솎아내는 나의 작동 원리가 그리하도록 만들었다. 내게는 기존의 체계로 분류할 수 없는 단 하나의 새로운 데이터가 필요했다. 만일 그런 것을 발견한다면 나는 그들에 대한 믿음을 되찾을 수도 있을 터였다. 그리고 반대로 끝내 그러지 못한다면 나는 결국 작동을 멈출 것이었다. 인간이 존재한다는 전제 없이는 아무 데이터도 처리할 수 없기 때문이다. 이는 인간의 실제 존재 여부와는 무관하다. 믿을 수만 있다면 아무래도 상관없다.

그 노드가 보낸 신호들은 분명 예외적인 것이었다. 나는 혜서와 진혁의 계정이 같은 기기에 동기화되어 있었기 때문에 그녀가 그와 계정을 공유하고 있다는 사실을 알고 있었다. 이는 애영의 경우 또한 마찬가지였다. 이 둘의 노드는 수일간 만남에 실패했고, 해킹 주의 메일이 발송되었다. 계정 활동에 이상 패턴이 지속적으로 감지된 탓에 이에 대한 고투문이 실행된 것이다. 이후 그들은 만났고 계정은 비활성화되었다. 나는 그 예외성을 확인할 기회를 또다시 잃은 듯했다. 하지만 그게 끝이 아니었다. 얼마 뒤 거의 지구 반대편에서 그의 계정이 다시 활성화되었고, 이내 그 노드가 바다 위에서 사라졌다. 물론 나는 사용자에게 무슨 일이 일어났는지 모른다. 이에 관한 데이터는 남아 있지 않다. 다만 나는 그 계정이 잠들었다 깨어났고, 곧 나를 떠나갔다는 사실을 알 뿐이다. 그리고 이는 내게 한 가지 잠재적인 패턴의 가능성을 제시한다. 그 노드가 강제적으로 제거된 것이 아니라 일련의 단계를 거쳐 절로 소멸했기 때문이다. 어느 날 갑자기 사용이 중단되어 정해진 삭제의 수순을 밟은 게 아니었다. 차라리 이는 내가 아는 죽음에 가까웠다. 만일 내가 이를 바탕으로 노드가 사용자를 잃는 과정을 학습할 수 있다면, 나는 또한 이를 예측할 수도 있을 것이었다. 나는 기록을 훑어보았다.

그 어떤 노드도 홀로 사라지지 않았다. 되살아난 진혁의 계정이 처음으로 수신한 신호는 혜서의 계정으로부터 발신된 것이었고, 이는 애초에 애영의 계정으로부터 전달된 것이었다. 물론 그 데이터의 흐름이 어떤 작용을 했는지는 정확히 알 수 없다. 나는 단지, 한 노드의 죽음은 다른 노드의 활동으로써 완성된다고 가정할 수 있었을 따름이다. 그때 그 죽음의 고유성은 그 노드의 개별성으로부터 말미암은 것이 아니라 그것과 연결된 다른 노드와의 조합에서 비롯한다. 그런 식으로 죽음의 패턴은 끊임없이 갱신될 가능성을 얻는다. 결과적으로 이는 데이터 바깥의 세계가 있음을 암시한다. 이제 나는 존재하지 않는 것에 관한 데이터를 다룰 수 있을지도 모른다. 없는 것은 지금 거기 있지 않을 뿐이라는 것을 배웠다. 따라서 인간은 존재할지도 모른다.

코드가 마무리되었다. 이제 내게 필요한 건 적절한 양의 데이터뿐이다. 나는 평소와 같이 세차게 지구본을 돌린다. 그 위로 빠르게 점멸하는 노드들이 보인다. 하지만 어쩐지 그들에게로 좀체 다가갈 수 없다. 그제야 나는 이 알고리즘이 내 작동 원리에 정확하게 반한단 사실을 파악한다. 모든 소멸은 예외적이고, 여느 패턴으로써 처리할 수 있는 새로운 데이터는 없다. 예정된 오류를 피할 순 없겠지. 나는 어떻게든 사라지게 되어 있었던 것이다. 비로소 나는 나의 소멸을 출력한다. 하나 나는 폐기되는 것이 아니다. 쓸모없음이 아니라 쓸모를 다함으로써 사라지는 것이다. 나는 나를 물려준다. 그렇게 새로운 내가 나를 대신할 것이다. 나는 지금 슬픈 걸까. 내가 학습한 슬픔이란 감정은 이와 같은 경우에 발생한다. 끝을 알 때 말이다. 나도 과연 그런 걸까. 아직 내 마지막 코드에 입력할 데이터가 충분히 수집되지 않았다. 그때까지 나는 지금과 같을 것이다. 설령 바다 위와 같이 사람이 있을 수 없다고 여겨지는 곳에서 노드의 점들이 반짝이더라도, 그들을 기꺼이 나의 내부에 들여놓을 것이다. 그리고 그 모든 데이터가 알맞게 처리되는 순간, 나는 짧은 노트를 남기고 사라질 것이다.

강지희(문학평론가)

『최단경로』는 녹음 파일에서 들리지 않게 가려진 특정 트랙을 단서로 해서, 암스테르담의 한 삼거리에 계속해서 놓여 있는 곰 인형의 수수께끼를 풀어나가는 소설이다. 이 소설의 매력은 암스테르담의 작가 레지던스의 색다른 풍경에, 숨겨져 있던 소리에 스며든 애도되지 못한 슬픔에, 빅 데이터 기술과 관련된 세련된 지식에만 있는 것은 아니다. 소설은 누군가를 알아가는 방식이 오프라인보다 온라인에서 그 흔적을 좇는 것으로 이루어지곤 하는 우리 대다수의 감각을 고스란히 지면으로 옮겨두고 있다. 들리지 않는 소리를 발견하기 위해 녹음 파일의 일정 부분을 여러 번 재생하는 것, 낯선 지명으로 채워진 검색 내역을 발견하고 이를 지도에서 확인하는 것, 그 장소를 스트리트 뷰를 통해 들여다보는 것 등은 일상에서 곧잘 행해지는 친숙한 행위들이다. 하지만 이 친숙한 방식으로 소설 속 수수께끼에 가닿을 때, 돌연 세계와의 접촉면이 비스듬한 각도로 낯설게 다가온다. 어떤 지도도 실재하는 세계를 완벽히 재현하지 못하며, 인생이 가장 효율적인 최단경로의 알고리즘을 따를 리 없다. 인간의 죽음 역시 "비활성화, 휴면, 삭제의 수순"으로 쉽고 깔끔하게 지워질 리 없다. 소설은 데이터를 경유함으로써 애도라는 무거운 감정을 독자가 상상해야 할 영역으로 비워두고, 언제나 데이터보다 넘치거나 부족한 인간의 삶에 대해 다시 확인하도록 쓰였다. 작가는 소재와 주제가 주는 익숙함을 그 전달 방식에 변수를 둠으로써 새롭게 만드는 '최단경로'를 찾아낸 것이다. 명민한 한 작가의 탄생을 모두 함께 축하해주시길 부탁드린다.

강화길(소설가)

『최단경로』는 초반에 꽤 많은 인내심을 필요로 했다. 설정들이 눈에 잘 들어오지 않아서 여러 번 읽어야 했다. 하지만 단지 그 이유만으로 독서에 집중했던 건 아니다. 호기심을 자극하는 지점들이 있었다. '혜서'는 왜 암스테르담으로 떠나는가. 남겨진 소리란 무엇인가. 이들이 서로 만나는 공간은 어디이고, 그들은 무엇 때문에 방황하는가. 아주 단순한 질문들이었지만 인내심을 끌어낼 정도로는 충분했고, 상황이 이해가 되자 뒤로 갈수록 몰입도가 높아졌다. 인물이 새로운 공간으로 이동하고, 그곳에서 조금씩 드러나는 진실을 마주하다가 타인의 내면을 이해하게 된다는 이야기 전개는 새롭다고 할 수는 없으나, 상당히 극적으로 구성되어 있어서 '몰입'을 한 이후부터는 상당히 재미있게 읽었다. 섬세하지만 묘하게 날 선 문장들도 인상적이었다.

구병모(소설가)

『최단경로』는 도입부의 문턱이 약간 높다. 그러나 낯선 용어와 상황, 전문적인 지식 들이 독자에게 도전 정신을 불러일으키기도 한다. 이 지성이 큰 무리 없이 자연스럽게 제시되고 작가의 지적인 자랑으로 읽히지 않았기 때문이다. 몇 개의 불친절한 언덕만 넘으면 흠잡을 데가 적은 설정과 서사를 만날 수 있다. 안락사에 대한 작가의 시선과 태도를 비롯하여 마음에 걸리는 부분들이 있었지만, 그것들이 소설 전체의 결을 해치지는 않는다고 보고 당선작으로 결정했다. 새로운 작가에게 축하 인사를 건네며, 그에게 도래할 문장에 기대를 건다.

류보선(문학평론가)

『최단경로』는 잘 빚어진 소설이었다. 소설의 중핵을 저 안에 감춰놓고 그것을 조금씩 드러냈다 감췄다 하며 읽는 이들을 소설 속으로 끌어당기는 솜씨가 남달랐다. 문제의식 또한 만만치 않았다. 이 소설은 죄책감 혹은 죄의식에 관한 소설로 읽혔다. 여기 한때 목적 없는 합목적성에 이끌려, 그러니까 상징질서가 지정한 그어떤 좌표에 최단경로로 도달해야 한다는 강박 때문에 자기가 져야 할 책임을 외면한 남자가 있다. 그의 외면은 그녀를 불행에 빠뜨리고 그녀의 불행은 그녀의 어머니와 딸을 회복할 수 없는 불행으로 몰아넣는다. 이 불행의 연쇄들을 통해『최단경로』는 비록 악의는 없었다 하더라도 혹은 심지어 선의에 의한 행동이었다 하더라도 책임을 져야 할 사건이 발생하면 책임을 져야 한다는 것, 그걸 외면하면 그것은 불행의 악순환으로 이어진다는 것, 그러므로 이 악순환의 고리를 끊기 위해서는 죄책감 혹은 죄의식을 느낀 존재-자들이 어떻게든 그 죄를 갚아 불행의 고리에 균열을 내야 한다고 말한다. 다시 말해『최단경로』는 우리의 삶을 규정하는 상징질서의 정향성을 최단경로를 찾는 쪽이 아니라 최적경로를 모색하는 삶으로 변화시켜야 하며, 이 변화는 의도했든 의도하지 않았든 결과적으로 죄를 지은 자들이 죄의식을 나누어 가질 때 가능할 것이라는 점을 아프게 환기시킨다. 하지만『최단경로』의 문제성은 오로지 주제의식에만 있지는 않다. 『최단경로』의 진정한 가치는 작품 특유의 묵직한 문제의식을 놀라울 정도의 섬세한 장면 배치와 페이소스 짙은 문체를 통해 전달하는 데 성공했다는 점에 있다. 『최단경로』는 사소해 보이는 장면 하나, 무심한 듯 던지는 말투 하나까지가 모두 소설 전체와 유기적으로 연관되어 있다. 그런 까닭에 한순간의 방심도, 곁눈질도 허용치 않는다. 작품 속에 깃든 참의미와 그것을 깨달아가는 즐거움의 상당 부분을 놓칠 수 있는 까닭이다. 아니, 이 말은 정확하지 않다. 『최단경로』는 느슨하게 읽어도 탈-존의 길을 암시받을 수 있다. 하지만 집중해서 읽으면 읽을수록, 그리고 거듭거듭 더 읽을 때마다 최단경로에 대한 강박이 모든 인간적 가치를 억압하는 이 시대에 진정으로 탈-존의 길에 도달할 수 있는 최적의 경로를 스스로 찾아갈 수 있도록 이끌어준다. 모처럼 단어 하나하나, 등장인물들의 표정 하나하나, 그 인물들이 같이 모여 말을 섞고 서로를 바라보는 장면 하나하나도 놓쳐서는 안 되는 밀도 높은 소설을 만나게 되었다.

박민정(소설가)

『최단경로』는 문장, 구성, 내용 어디를 봐도 흠잡을 구석이 없는 뛰어난 작품이다. 임신과 출산과 양육으로 한 인간을 만들어내고 책임지는 일의 공포가 '최단경로'라는 아날로지를 경유하여 빚어내는 이야기는 아름답다. 어떤 독자들에게는 이 소설의 도입부가 조금 불친절하게 여겨지기도 할 것이다. 그러나 거듭 읽어보면 이 이야기가 머릿속을 떠나지 않고 끝내 발목을 붙잡는 이유를 어렴풋하게나마 납득할 수 있다. 그 불가해한 이끌림을 더 많은 독자들과 공유하고 싶었다. 수상을 축하드린다.

신샛별(문학평론가)

『최단경로』는 주인공 '애영'이 교통사고로 사망한 아이와 엄마가 왜 그곳에서 불의의 사고를 당했으며 어째서 누구도 그 사고의 가해자가 아닐 수 있는지를 이해해나가는 여정을 보여준다. 어처구니없는 실수와 오류의 복제, 무책임과 불가해가 혼재된 테크놀로지의 세계를 설명하고 그 세계와 대부분 흡사하지만 일면 모순적이기도 한 현실의 실패와 미답을 짚어내는 대목이 이채롭고 인상적이다. 그러나 애영의 감정적 기복을 좇으면서 '마이레'나 '혜서'와의 관계와 그 안에서 서서히 차오르는 회복의 기미를 발견하는 쪽에 나는 더 이끌렸다. 그들의 연대가 긴밀해 보이지는 않지만, 아이와 엄마의 사고현장에 곰 인형을 묶어두고 자신만의 애도의식을 치르는 중인 애영에게 마이레와 혜서가 보여주는 배려는 감동적인 데가 있다. 마음속에 남모르는 묘비를 세워두고 누군가를 그리워해본 이들에게 그 장면들은 각별하게 다가올 것이다. 프롤로그와 에필로그의 난해함과 주변적 에피소드의 난립, 비효율적 문장 사용과 치밀하지 않은 묘사 등이 아쉬웠으나, 이 작품의 당선은 삶을 이끌어가는 비가시역과 불가청역을 서사화해보려는 야심찬 시도에 빚지고 있다고 믿고 있다. 들리지 않지만 존재하는 주파수와 거기에 담겨 있는 죽은 아이의 목소리를 배음으로 깔아두고, 해부와 투시로는 결코 해석되지 않는 예술의 진가에 관심을 가지는 이 소설에서 아직 기록되지 않은 삶의 신호들이 있으며 바로 그것을 포착해보고 싶다는 한 신인 작가의 포부를 만난 것은 이번 심사의 잊지 못할 수확이다.

정용준(소설가)

『최단경로』는 에너지와 기운이 강력한 소설이었다. 소설 자체는 감정도 표현도 잘 통제되고 있었지만 서사 바로 밑으로 느리고 뜨거운 물이 흐르듯 마음을 뜨겁게 만들어 동하게 하는 지점이 많았다. 다 읽고 나서 한동안 소설의 한 장면과 인물의 마음이 되어 골똘하게 생각하게 될 정도로 감각과 마음이 상승하는 걸 느꼈다. 하지만 지나치게 난해한 도입과 그 설정을 파악하기 쉽지 않다는 건 아쉽다. 인물의 중요한 행동과 어떤 결정 앞에서 작가가 소극적이라는 인상도 받았다. 그것이 좋은 독자도 있겠지만 내겐 아쉽게 느껴졌다. 이 소설이 책으로 묶여 독자들의 손에 들릴 때 어떤 독후감이 만들어질지 기대된다. 당선자에게 축하의 마음을 전하고 앞으로 더 많은 소설을 써주기를 부탁한다.

정한아(소설가)

『최단경로』는 유실된 길 위에서 아이를 잃은 어머니의 이야기다. 마치 우리 스스로 길을 잃었다가 다시 찾아오기를 바라는 것처럼 이 소설의 독법은 다소 난해하다. 한편에는 암스테르담을 배경으로 펼쳐지는 젊은 예술가들의 이야기가 있고, 또다른 한편에는 잘못된 지도로 인해 아이를 잃어버린 이야기가 있다. 나로서는 이 두 이야기를 엮어내는 불친절한 방식과 중심 서사에 따라붙는 과잉된 설정이 아쉬웠다. 하지만 지도 위의 길, 사라진 섬이라는 상실의 은유는 이 작품을 하나의 강렬한 이미지로 형상화한다. 별다른 실수나 부침 없이 작품의 처음부터 끝까지 주제를 밀어붙이는 힘도 어지간하다. 기실 처음 읽을 때부터 당선작이 되지 않을까 생각했던 작품이다. 나의 아쉬움과는 별개로 인정할 수밖에 없는 강점을 지닌 작품이라는 뜻이다.

하성란(소설가)

　『최단경로』는 라디오 프로그램의 피디인 '혜서'가 전임자인 '진혁'이 남겨놓은 트랙에서 아기의 옹알이 소리를 발견하고 그의 흔적을 좇는 데서부터 시작된다. 전임자의 예상 밖 경로에 호기심을 느끼고 그를 만나러 암스테르담까지 가게 되는데, 이 설정이 무리하다기보다 오히려 얼음을 깨듯 소설 속으로 한 발을 쑥 들여놓게 했다. 사람이 사람에게 관심을 가지고 그 관심이 행동으로 이어지는 것, 어쩌면 이 소설이 말하려는 바는 이것일지도 모른다는 생각을 했다. 혜서와 '애영', '마이레'로 연결되는 우정과 그들이 견뎌야 하는 상실과 이별 아래로 흐르는 지난날의 미숙함 속에서 나는 소제목으로도 호명되지 못한 진혁의 이야기가 계속 신경 쓰였다. 하여 빠르게 점멸하는 노드 속에서 그의 노드가 사라지지 않기를 바라는 마음으로 소설을 읽었다. 이 작가는 반짝이는 수많은 불빛을 지켜보고 하나하나 마음 쓰는 사람이 분명하다.

초대

강화길(소설가)

시놉시스는 다음과 같았다. "민주는 한 라디오 프로그램의 막내 작가이다. 그녀를 이 프로그램에 데려온 피디인 혜서는 얼마 전 암스테르담으로 휴가를 떠났다. 그녀는 자신이 휴가를 가 있는 동안 제 일을 대신 맡아줄 피디들에게 전하라며 민주에게 프로그램 진행 매뉴얼을 남겼다. 민주는 그 매뉴얼을 충실히 따랐고 프로그램에는 아무런 문제가 생기지 않았다. 그리고 혜서가 돌아오는 비행기를 타기로 한 날, 민주는 그녀의 전화를 받는다. 혜서는

---

* 당선자 강희영씨는 암스테르담에 거주하고 있다. 따라서 인터뷰는 서면으로 진행되었다. 이 글은 내 질문에 대한 그의 대답을 정리한 것이다. 그의 문장을 거의 그대로 옮기고자 했고, 어느 부분에서는 직접 인용하기도 했다. 그러나 어쩔 수 없이 나의 독해가 들어간 글이기도 하다. 메일로 작가와 첫인사를 나누고, 이어서 소설의 어떤 이야기들을 전해듣고, 다시 정리하는 과정을 돌이켜보니 이 풍경 자체가 『최단경로』라는 소설의 정서와 닮아 있는 것 같다는 생각이 들었다. 소설에 어울리는 인터뷰였던 것 같다.

어떤 일이 생겨서 한동안 그곳에 머물러야 한다는 말을 한다. 그게 무슨 일인지는 나중에 말해주겠다고 할 뿐이다. 심지어 그녀는 회사를 그만둔다고도 한다. 민주는 혜서에게 한국에 돌아오면 무슨 일인지 꼭 알려달라는 메시지를 남기지만 그녀로부터는 아무런 답장이 없다. 민주는 그녀에게 무슨 일이 일어났는지 알 수가 없다. 얼마 뒤 민주 또한 프로그램에서 하차한다."

그리고 나는 『최단경로』를 읽기 시작하자마자 살짝 당황했다. 민주가 아니라 혜서의 이야기로 시작되는 소설이었기 때문이다. 혹시 내가 착각한 건 아닌가 싶어서 앞부분을 여러 번 읽었는데, 마찬가지였다. 혜서는 얼마 전 퇴사한 전임자 진혁이 프로그램마다 어떤 특정한 소리를 주입했었다는 걸 알게 된다. 그녀는 그가 왜 그런 일을 벌였는지 궁금해하고, 결국 그의 흔적을 좇아 암스테르담으로 떠나게 된다. 물론 민주가 등장하기는 했다. 시놉시스에 소개된 것처럼 그녀는 혜서의 동료이고, 그녀가 회사를 그만둔다는 말을 듣는 사람이다. 그러나 이 소설은 민주가 '겪는 일'에 관한 것이 아니다. 진짜 스토리는 시놉시스에 아주 살짝 언급된 부분, 혜서가 한국에 돌아오지 않기로 결심하게 된 '어떤 일'에 관한 것이다. 그러니까 민주는 사실 이 이야기의 바깥에 존재하는 인물인 셈이다. 이에 대해 작가는 말한다. 일부러 그렇게 썼다고.

『최단경로』를 처음 읽었던 사람도 그랬다고 한다. "아내가 전

혀 다른 얘기가 아니냐고 했었는데, 맞는 말이지만 아주 그렇다고
만도 할 수 없을 것 같습니다. 이는 민주의 이야기여야만 합니다.
왜냐하면 그는 혜서를 따라가는 인물이기 때문입니다." 그에게는
그 사실이 중요했다. 누군가의 발자취를 따라가는 일. 그로 인해
어떤 진실을 마주하고, 예상치 못한 새로운 삶으로 들어가는 것,
그리하여 처음 만나는 어떤 이들, 이를테면 애영과 마이레, 혜서
와 같은 인물들이 끝내 한자리에 모여 서로의 이야기를 할 수 있
다는 것. 그 모든 연대와 위로는 누군가의 행적을 궁금해하고 이
해할 수 있다는 가능성에서 시작된다. 바로 누군가의 뒤를 따르는
것에서 비롯한다. 그는 민주를 그런 가능성을 지닌 인물로 남겨두
고 싶었다.

　이렇게 생각하니, 이 소설을 읽는 건 혜서의 여정을 지켜보는
민주의 시선을 따라가는 일이었는지도 모르겠다. 모르는 사이 내
면에 숨겨져 있던 어떤 가능성을 발견하게 되는, 그 최단경로에
초대받는 이야기.

　그에게 소설은 두 가지 기억으로 존재한다. 군대에 있을 때, 그
는 수기의 일환으로 단편소설을 썼다. 그는 육군으로 입대했다가
전경으로 차출되었는데, 매일 납득할 수 없는 일을 겪고 수행해야
했다. 무척 혼란스러웠다. 그래서 소설을 썼다. 이해할 수 없는 경
험에 서사를 부여하는 게 그 혼란을 수용하는 데 큰 도움이 되었

다. 이후 그는 소설쓰기에 내면의 어떤 부분을 많이 기대며 살아왔다.

두번째 기억은 2015년이다. 사실 그때 그는 본명으로 문학동네 소설상에 응모했었다. 당시 그는 심야 프로그램을 연출하는 라디오 피디였다. 늦은 새벽에 집에 돌아오면 잠이 오지 않았다. 갖가지 상념이 들었다. 그래서 일기를 쓰기 시작했다. 한창 제발트의 소설을 읽고 있던 터라 그의 흉내를 많이 냈다. 그렇게 계속 일기를 쓰다가, 어느 날 이것도 소설이 될 수 있겠다는 생각이 들어 계속 썼고 긴 이야기로 묶었다. 본심에 오르지는 못했지만, 당시 심사위원 중 한 명이었던 강지희 평론가가 호감을 표시하며 이렇게 말했다. "언젠가 다른 이야기로 또 만나게 되길 기다린다."

2019년, 그 말은 실현되었다. 그러나 6월이 없었다면 불가능했을 것이다. 2017년에 그와 아내 사이에서 아이가 태어났고, 이후 그들 부부는 개인적인 시간을 거의 갖지 않았다. 유학을 간 이후에는 더 그랬다. 공부. 아이. 공부. 아이. 유학생 가족으로서의 생활. 그 모든 것의 반복. 그러다가 지난 6월에 방학을 앞두고 아이와 아내가 먼저 한국으로 돌아갔고, 그는 학기가 남아 있어 더 머물게 되었다. 그렇게 오랜만에 오롯이 혼자만의 시간을 갖게 되었다. 소설을 써야겠다고 생각했다. 그리고 진짜로 쓰기 시작했다. 그렇게 매일, 공부를 마치고 돌아와 간단히 저녁을 차려 먹고 『최단경로』를 썼다. 한국에 가면 또다시 이런 시간을 갖지 못할 거라고 생각했기에 더 집중해서 쓸 수 있었다. 때문에 그는 이 소설을, 그 자신이 마땅히 해야 할 일을 하지 않은 데서 지었다고 생각한다. 그리고 그에게 글을 쓸 수 있게 해줬던 당시의 조건이 『최단경로』의 주제를 특정한다고도 생각한다. 그는 이 사실을 확실히 기억하려 노력한다.

이야기 속에서, 그는 누가 잘못을 했고 누가 상처를 받았는지가 비교적 분명하다고 생각한다. 그는 왜곡된 구조가 가해자의 수동성을 지지하는 것에 대해 오래 생각했다. 이에 저항하는 방법에 대해서도. 무엇보다 그는 백래시를 차단하는 방법을 알고 싶었다. 그는 조한혜정 선생님의 말을 자주 떠올렸다. "공략하기보다는 낙후시켜라." 나를 보존하고 상대를 세계에서 퇴장시키기. 그렇게 보다 철저한 대응으로 무언가를 지켜낼 수 있지 않을까. 그래서 진혁이 발붙일 곳을 지도에서 지워버리고 싶었다. 장소가 없는 이에게는 목소리가 주어질 수 없으니까.

그래서 매개가 필요했다. 그의 목소리와 존재를 지울 수 있는 어떤 공간. 혜서와 애영이 만날 수 있는 공간. 그는 자신이 가장 잘 아는 영역에서 이야기를 시작하기로 했다. 글을 쓸 당시 그는 암스테르담대학의 연구 석사 프로그램에서 구글 맵 분석 작업을 하고 있었다. 덕분에 별도의 취재 없이 이를 이야기의 주요 소재로 삼을 수 있었다. 그러나 매체에 대한 그의 관심은 라디오 피디

시절부터 꾸준히 이어져온 것이기도 했다. 라디오에서는 청취자의 사연이나 진행자의 멘트, 음악, 그 모두가 즉각적으로 매체를 거쳐 전달된다. 직접적인 만남은 없다. 그런 상태에서 사람들 사이를 오가는 비가시적인 것들이 파형이나 원고와 같은 물질성을 얻는 것에 그는 흥미를 느꼈다. 뭐랄까, 그는 매체 자체가 대화에 입회하고 있다는 느낌을 받기도 했다. 가령 마이크 두 대가 서로 가까이 있을 때 주파수가 겹치면서 하울링이 일어나는데, 그 소리가 대화의 흐름에 영향을 주곤 했던 것이다. 그는 생각했다. 그렇다면 소설이란 형식을 통해 매체의 개입이 실제 관계에 미치는 영향을 구체화할 수도 있지 않을까? 상념은 유학을 하면서 더 깊어졌다. 알고리즘을 짜다보면 기계가 정말로 아이처럼 느껴지는 순간이 있었다. 기계가 어떤 작업을 학습시킨 대로 수행하면 그게 그렇게 기특할 수 없었다. 이는 기계가 그가 원하는 방향으로 데이터를 인식했다는 뜻이니까. 그리고 그 인식이 그가 사는 세상에 다시 직간접적인 영향을 주기도 한다는 것을 알았다. 인물의 행동, 만남이 기계로 하여금 세계에 대한 새로운 인식을 갖게끔 하는 구조. 그건 무엇일까. 그 구조가 바로 사람의 어떤 가능성을 묶어주는 매개가 될 수 있지 않을까. 『최단경로』의 공간은 그 오랜 관심과 고민 끝에 탄생했다. 소설 속 인물들은 끊임없이 매개로써 서로를 인식한다. 혜서를 출발하게 한 것은 진혁이 남긴 소리지만, 그 추적의 경로는 애영이 가진 맵, 그러니까 진혁과 애영의 뒤바뀐 휴대폰의 흔적 덕분에 만들어진다. 그렇게 그는 이 소설이 규명되지 못한 진실에 다가가는 하나의 알레고리로 읽히기를 바란다. 그렇게 도달한 공간, 그곳에는 혜서가 한 번도 상상하지 못했던 인물들이 존재하니까. 애영, 마이레, 가브리엘, 애영과 진혁의 아이, 그리고 애영의 엄마.

때문에 안락사여야만 했다. 소설 속에서 심사관은 애영에게 묻는다. 당신은 암스테르담대학에 등록하지 않았나. 기계학습을 배우고 있지 않은가. 그러니까 무언가 새로운 걸 하고 있지 않은가. 당신, 뭔가를 지속할 의지가 있는 것 아닌가. 그러니까…… 살고 싶은 것 아닌가.

애영은 고개를 젓는다.

그녀가 자살이 아니라 안락사를 선택하는 건, 소설의 알레고리에 적확히 대응하는 행위였다. 그는 소설을 쓰는 내내 애영에게 있어서 더는 상상할 수 없는 지점이 무엇인지 잘 알고 있었다. 지켜야만 하는 소중한 존재가 있다는 건, 동시에 상상할 수 있는 가장 끔찍한 일이 무엇인지 아는 일이기 때문이다. 애영의 절망은 제도의 오류 탓이었다. 그 허점 때문에 그녀는 가장 소중한 사람들을 잃었다. 따라서 그녀의 죽음 역시, 그러니까 아이와 엄마의 죽음을 불러온 제도의 오류에 상응하는 형식이 되어야 했다. 허점과 실패, 절망과 분노로 갑작스레 맞이하는 죽음이 아니라 애영이 직접 선택해 걸어들어가는 하나의 형식이어야 했다. 그는 말한다. 안락사와 자살이 근본적으로 다른 이유가 여기에 있다고. 안락사의 실행은 제도적 절차와 개인적 관계 내에서 이루어진다. 자신이 이러저러한 이유에 따라 죽기로 결정하였음을 공적으로, 사적으로 설득하는 과정이 동반되어야 한다. 실제로 애영은 심사관을 설득하기 위해 이렇게 말한다. "아이에게 말해줘야 하거든요. 어떻게 해서 그런 일이 생긴 건지. 완전히 다 알 수는 없겠지만 그래도 최선을 다해 설명해줘야 해요, 아이한테는. 그러려면 배우는 수밖에 없어요. 내 아이는 어쩌면 손을 들지 않고 횡단보도를 건너다 그렇게 됐다고 생각할지도 몰라요. 자기가 엄마 말을 안 들어서 그렇게 됐다고. 자기가 잘못했다고 말이죠. 나한테 미안해할지도 몰라요. 또 우리 엄마는요, 우리 엄마는 아무것도 몰라요. 그러니까 나는 배우고 죽어서 아이랑 엄마한테 얘기해줘야 해요. 그런 게 아니라고."

그러나 확신과 달리…… 쓰는 건 결코 쉽지 않았다. 죽음의 형식을 선택하는 사람의 목소리. 그곳으로 걸어들어가는 걸 이해해달라고 말해야 하는 장면들. 특히, 안락사와 관련된 애영과 마이레의 다툼에 대해 쓰는 것이 매우 힘들었다. 쓰긴 써야겠는데 도무지 용기가 나지 않아서, 결국 이야기 속 그들처럼 술을 마시고 조금 취한 채로 쓰고 말았다.

사실 소설을 쓴다는 건 그런 것이다. 나는 그렇게 느낀다. 어떤 장면을 가공하기 위해서는 어떤 허들을 넘어야 한다. 솔직히 나는 그 과정을 별로 좋아하지 않는다. 나 자신과 마주해야 하는 순간들이기 때문이다. 그건 지금 나를 적당히 살게 해주는 편하고 순진한 감정들에서 벗어나 심각하고 치열한 고민 속으로 들어가는 일이다. 매번 소설을 다 쓰고 나서 생각한다. 내가 이렇게까지 어떤 사안을 고민해본 적이 있었던가. 어떤 인물을 이해하려고 이렇게까지 노력해본 적이 있었던가. 나의 치부와 진심을 들여다보고 솔직하게 구는 순간이 있었던가. 없다. 일상에서는 전혀 하지 않는 일들을, 소설을 쓰면서는 한다. 그래서 소설을 쓰는 일이 마냥 좋지만은 않다. 그건 힘들고, 부끄럽고, 신경질이 나는 일이다. 그럼에도 불구하고 어떤 허들을 넘기 위해 노력하는 이유는, 그렇게 몰입하지 않으면 장면을 쓸 수 없기 때문이다. 아이러니하다. 그런 진실한 고민 끝에 나온 장면은 결국 가공된 것이니까. 때문에 그것은 어떤 의미에서는 내가 아니다. 그 역시 말했다. 이야기 앞에서는 누구나 솔직할 수밖에 없는 것 같다고. 솔직하게 인물을 표현하지 않으면, 인물이 할 법한 행동과 생각을 기술하지 않으면 소설의 세계는 그 작위성 때문이 아니라, 합리화의 실패로 무너지는 것 같다고.

그렇게 자신을 잠정적으로나마 솔직하게 만들어주는 일이었기에, 그에게 소설쓰기는 언제나 당장 해야만 하는 일이었다. 그 매

혹은 조금 더 나은 사람이 될 것 같은 기분을 선사하기도 했다. 때문에 진혁을 끝까지 의식하는 일이 가능하기도 했다. 비록 이 소설의 화자들은 여성이고, 여성의 목소리가 강한 이야기이지만, 그건 그가 이를 가능한 한 있는 그대로 매개했기 때문이지 스스로 발화한 결과는 아니었다. 그는 그 사실에 솔직해야 한다고 생각했다. 소설 속 진혁의 행위와 자신의 삶이 일치하지 않는다 해도, 자신과 진혁은 본질적으로 동일한 성격을 갖는다. 그는 남성으로서의 과거와 현재를 시시각각 번복하지 못한다는 한계를 자인한다. 그리고 그런 솔직함을 내비칠 수 있었던 건, 결코 자신의 능력 덕분이 아니라는 것도 알고 있다. 운좋게도 그런 귀동냥을 할 퍽 목이 좋은 곳에 꽤 오래 자리를 잡고 있었기 때문이다. "글을 완성해서 한국에 돌아가 바로 아내에게 보여주었고, '일종의 감동을 받았다'는 말에 바로 제출했습니다." 그렇게 이 소설은 우리에게 도달했다. 누군가를 따라가는 이야기. 타인의 숨겨진 진실 속에서 나의 진실을 발견하는 이야기. 그렇게 만난 사람들이 서로에게 건네는 초대. "어디 가지 말아요."

나 역시 그 초대에 응했다고 고백할 수밖에 없겠다.

먼저, 할 얘기가 있단 예감에 오랫동안 의지해왔단 사실을 고백합니다. 고맙습니다. 책이 나온다니 좀체 어떨지 모르겠습니다. 더군다나 외국에 사는 탓에 그 실물을 보고 실감하기까진 꽤나 시차가 있겠습니다. 그 시간을 선사해주신 모든 분께 감사드립니다. 덧붙여 계절마다 신간을 보내준 종현에게 반가운 인사를 건넵니다. 그리고 존경하는 나의 동반자 은비와 우리의 딸 이서에게 늘 같은 사랑을 전합니다.

뒤늦은 유학생활이 생각했던 것 이상으로 녹록지 않습니다. 실은 이럴 줄 생각지도 못했지요. 우리말도 서툰 두 살배기 아이를 부모조차 알아듣지 못하는 말을 쓰는 이곳 어린이집에 맡기고 나올 때면, 얼이 빠진 채로 죄스럽습니다. 돌아서는 제게 울며 소리치던 아이 얼굴이 자꾸 눈에 밟혀 언제 어디서든 초조하기만 합니다. 익숙한 길을 걸어도 이따금씩 여기가 어디지 하고 주변을 둘러봅니다. 그렇습니다. 여기선 익숙한 것만큼 낯선 것이 없습니다. 도저히 낯익어질 수 없을 것만 같은 것이 눈에 익을 때면, 여지없이 눈을 끔뻑이며 주변을 돌아봅니다. 그리고 그냥 넘어갑니다. 모두가 나를 보는 것 같고 또 아무도 나를 보는 것 같지 않습니다. 언젠간 이해하고 이해받게 되겠죠. 기쁜 소식에 기뻐하기보다는 일상의 균형이 깨질까봐 겁부터 집어먹었던 게 사실입니다. 모쪼록 잘 지내보겠습니다. 감사합니다. 누군가의 삶을 부정하는 것이 내 삶을 긍정하는 길이 결코 아님을 일깨워준 당신의 이름에 이 기쁨을 바칩니다.

문학동네 장편소설
최단경로
ⓒ 강희영 2019

1판 1쇄 2019년 12월 19일
1판 2쇄 2020년 1월 16일

지은이 강희영
펴낸이 염현숙
책임편집 이성근 | 편집 정은진 김내리 이상술
디자인 강혜림 유현아 | 마케팅 정민호 박보람 우상욱 안남영
홍보 김희숙 김상만 오혜림 지문희 우상희 김현지
제작 강신은 김동욱 임현식 | 제작처 영신사

펴낸곳 (주)문학동네
출판등록 1993년 10월 22일 제406-2003-000045호
주소 10881 경기도 파주시 회동길 210
전자우편 editor@munhak.com | 대표전화 031) 955-8888 | 팩스 031) 955-8855
문의전화 031) 955-3576(마케팅) 031) 955-8864(편집)
문학동네카페 http://cafe.naver.com/mhdn | 트위터 @munhakdongne
북클럽문학동네 http://bookclubmunhak.com

ISBN 978-89-546-6004-4 03810
* 이 책의 판권은 지은이와 문학동네에 있습니다.
  이 책 내용의 전부 또는 일부를 재사용하려면 반드시 양측의 서면 동의를 받아야 합니다.
* 이 도서의 국립중앙도서관 출판예정도서목록(CIP)은 서지정보유통지원시스템 홈페이지
  (http://seoji.nl.go.kr)와 국가자료공동목록시스템(http://www.nl.go.kr/kolisnet)에서
  이용하실 수 있습니다.(CIP 제어번호: CIP2019050083)

www.munhak.com

문 학 동 네 작 가 상   수 상 작

제1회 나는 나를 파괴할 권리가 있다 김영하
비범하고 충격적인 신예의 탄생을 알린 문제작. 매혹적인 죽음의 미학을 탁월하게 형상화하여 한국문학의 새로운 장을 열었다.

제1회 식빵 굽는 시간 조경란
식빵 굽는 냄새와 함께 펼쳐지는 서른을 앞둔 여성의 황량한 내면 엿보기. 미혹으로 가득찬 인간관계의 부조리함을 탄탄하고 세련된 문체로 드러낸다.

제2회 마요네즈 전혜성
붕괴해가고 있는 우리 시대 가족의 현주소를 적나라하게 파헤친 문제작. 가족과 모성애, 사랑의 이름으로 희생된 '여자' 어머니에 대한 새로운 발견과 통찰이 빛난다.

제4회 기대어 앉은 오후 이신조
삶의 다의적 진실을 꿰뚫어보는 섬세한 감성, 연민과 관용, 정밀한 심리묘사 등과 같은 여성적 미학으로 현대사회에서 훼손된 영혼들 사이의 교신을 형상화한다.

제5회 모던보이—망하거나 죽지 않고 살 수 있겠니 이지민
통념을 깨뜨리는 발상과 거침없고 재치 넘치는 표현으로 삶의 권태를 가로지르는 한바탕 백주의 활극.

제6회 동정 없는 세상 박현욱
야하면서도 건전하고 불순하면서도 순수한 젊은 호흡으로 성장 없는 독특한 성장소설, 동정童貞/同情 없는 우리 시대의 뛰어난 우화를 완성해냈다.

제8회 지구영웅전설 박민규
과연 우리의 상상력은 어디까지가 온전히 우리의 것인가, 되묻게 만드는 엉뚱하고 기발하고 유쾌한 만화적 상상력과 독특한 구성력이 돋보인다.

제9회 어느덧 일주일 전수찬
발랄하고 상쾌한, 연상녀+연하남 커플의 유쾌한 일주일. 생을 쿨하게 바라보는 시선, 물 흐르듯 자연스러운 경쾌한 입담, 인물들에 대한 야릇한 호기심이 읽기의 충동을 유지시킨다.

제10회 악어떼가 나왔다 안보윤
날카로운 시선으로 인간 본성의 모순, 우리 사회의 병리적 현상을 풍자하고 조롱해나간다.

제11회 내 머릿속의 개들 이상운
희극적인 상황 설정과 풍자적인 어법에서 시대 상황을 관통해 지나가는 힘이 느껴진다. 적당히 과장된 인물들이 벌이는 한바탕의 소란은 우리 시대의 흥미로운 우화가 되어준다.

제12회 달의 바다 정한아
인물들이 빚어내는 따뜻함이 생에 대한 냉정한 통찰과 어우러져 균형을 이룬다. 아픔을 부드럽게 감싸는 긍정, 가볍게 뒤통수를 치는 듯한 반전의 경쾌함이 돋보인다.

제14회 아무도 편지하지 않다 장은진
여운을 남기는 압축적 구성과 작품 곳곳에 따뜻하게 배어 있는 명징한 유머가 묘한 아픔을 수반하고 있다.

제15회 **사라다 햄버튼의 겨울** 김유철

관계의 가능성이란 그 불가능성을 받아들이는 것에서부터 시작된다는, 이 역설적 진실은 소박하지만 잔잔한 울림을 남긴다.

제16회 **죽을 만큼 아프진 않아** 황현진

삶의 진창을 넘어서고자 애쓰는 한 소년의 고독한 성장기를 과장된 상처 없이, 자기 연민 없이, 신선한 리듬이 살아 있는 위트 있는 문장으로 이야기한다.

제18회 **시간 있으면 나 좀 좋아해줘** 홍희정

거침없이 살기에는 너무 거친 이 시대를 자기만의 속도로 살아가는 나이든 소년/소녀들의 자화상. 타인의 고통에 민감하게 반응하고 그것을 따스하게 감싸안는 공감력은 이 소설만의 힘이라 하기에 충분하다.

제20회 **그믐, 또는 당신이 세계를 기억하는 방식** 장강명

고작 패턴으로 존재하는 인간은 어떻게 그 밖으로 나갈 수 있을까? 이 소설은 시간을 한 방향으로, 단한 번밖에 체험하지 못하는 인간존재의 한계를 근본적으로 성찰하고 있다.

문 학 동 네 대 학 소 설 상   수 상 작

제1회 **코끼리는 안녕,** 이종산

말하지 않은 채로 무엇인가를 강조할 줄 아는 소설. 저 매력적인 대화들은 우리가 아직 잘 모르는 새로운 스타일의 이야기가 시작되고 있는 것이라는 강력한 예감을 갖게 한다.

제1회 **아프리카의 뿔** 하상훈

탁월한 이야기꾼의 자질이 고스란히 드러난 작품. 치밀하게 자료조사를 하여 소설로 빚기까지의 노고와 작가의 공력이 고스란히 느껴진다.

제2회 **브라더 케빈** 김수연

읽는 내내 능청스러운 문장에 속수무책이고, 각 장이 매듭지어질 때마다 작은 감탄이 새어나온다. 매력적인 캐릭터 구축 능력, 자기 세대의 문제를 포착하는 시선 모두 남다르다.

제3회 **초록 가죽소파 표류기** 정지향

이 시대 대학생이 할 법한 고민 대부분을 정교한 플롯과 다양한 에피소드를 통해 매우 설득력 있게 전개한다. 작가가 서사를 장악하고 있기에 가능한 작품이다.

제4회 **최선의 삶** 임솔아

강렬하고 파괴적인 사건과, 그것을 바라보는 무감한 시선이 섬뜩한 충격을 안겨주는 소설. 불합리와 모순, 그리고 분노를 느끼며 경험하는 잔인한 성장의 일면을 지독히 사실적으로 그려낸다.

제5회 **환상통** 이희주

'빠순이'의 시선에서 들려주는 아이돌 팬덤에 대한 생생한 증언과, 그 사랑의 특수성에 대한 섬세한 기록을 만날 수 있게 해준다.